Reinhold Bilgeri

Die Liebe im leisen Land

Reinhold Bilgeri

DIE LIEBE IM LEISEN LAND

Roman

Amalthea Verlag

Literaturzitate aus:
George Gordon Byron: The spell is broke (Der Reiz ist hin). In: Lord Byrons Werke. Übersetzt von Otto Gildemeister. Bd. 3. Verlag Georg Reimer, Berlin 1903
Arthur Rimbaud: Sämtliche Werke. Übertragen von Sigmar Löffler, Insel Verlag, Berlin 1992
Robert Louis Stevenson: Die Schatzinsel. Aus dem Englischen übersetzt von Fritz Güttinger. Manesse Verlag, Zürich 1971
Robert Louis Stevenson: Die Schatzinsel. Aus dem Englischen von Karl Lerbs. Insel Verlag, Berlin 2014

1. Auflage Januar 2021
2. Auflage Februar 2021

Besuchen Sie uns im Internet unter: amalthea.at

Umschlaggestaltung: Johanna Uhrmann
Umschlagmotiv: Brooklyn Bridge mit der Skyline von Manhattan © mauritius images/Thilda Lindholm
Lektorat: Madeleine Pichler
Herstellung und Satz: VerlagsService Dietmar Schmitz GmbH, Heimstetten
Gesetzt aus der 10,75/15,6 pt Alegreya und der Transat
Designed in Austria, printed in the EU
ISBN 978-3-99050-197-9

Für Beatrix

»... have I told you lately ......«

I

Als Tom Maas die Augen aufschlug, kam die Decke auf ihn zu. So gemächlich, dass er es nicht gleich als Bedrohung verstehen wollte. Der verstaubte Lüster wurde immer größer und die Stuckornamente gewannen an Kontur, um gleich wieder zu verschwimmen, bevor es ganz schwarz wurde.

Aber kein Aufprall, nur ein dumpfer Druck auf dem ganzen Körper und dann dieser Kalkgeruch – Geist und Seele wichen zur Seite, als wär's die Offenbarung der Gretchenfrage. Wenn die beiden dem Druck weichen können, hätten die Dualisten ja doch recht, fuhr's ihm durch den Kopf, sollten die sich tatsächlich davonmachen, während der Körper sein Leben aushaucht, dann wäre die Sache geklärt und die Transzendenz hätte ihm, dem der Glaube fehlte, eine vor den Latz geknallt. Solche Dinge denkt man, wenn einem die Luft fehlt, dachte er.

Eine Ahnung schob sich dazwischen – alles nur ein Traum –, aber dann wieder diese konkreten

Schmerzen, die Sache war noch nicht zu Ende. Das Gewicht der Decke hatte begonnen, seinen Brustkorb auf Herz und Lunge zu pressen, die Glasfigürchen des Lüsters und die elektrischen Kerzen zerbröselten samt Halterung auf seiner Haut, tausend Nadelstiche und ein Hauch von versengtem Kupferdraht, dann das Bersten der Rippen – das war keine Einbildung, eine kratzte doch an der Lunge, die sich gerade blähen wollte, und gleichzeitig schlüpfte ein Stück Magensack durch seine Zwerchfellhernie und reizte den Vagusnerv, was die Elektrik des Herzens aus dem Lot brachte. Ein Flimmern war die Folge, Kammerflimmern? Tom versuchte zu husten, pressend den Atem anzuhalten, um die stolpernde Tachykardie einzufangen, wäre nicht das erste Mal gewesen, aber er bekam keine Luft mehr, also womit pressen? Wenn jetzt gleich die Sache mit dem berühmten Lebensfilm abläuft, dann bin ich also dran, schloss er. Sein Mund hatte den Satz formuliert, ohne Ton, und doch klang er als Echo von der Schädeldecke zurück. Die Zeitrafferbilder blieben aus, kein Lebensfilm. Das beruhigte für den Augenblick. Doch nicht der Tod. Noch nicht.

Ein heißer Blutschwall stieg ihm in den Kopf und ließ ihn hochfahren, wie einen Taucher, der mit leeren Lungen aus dem Wasser schießt. Luftjapsen, Herzjagen, er saß im Bett, schweißnass, wie ausgespuckt. Angst war keine dabei, seltsamerweise, eher Neugier auf das Kommende und Wut über die Entgleisung seiner Organe. Die ontologischen Überlegungen hatten sich erübrigt – er lebte. In Dreieinigkeit lebte er, Körper, Geist und Seele. Er griff sich ab, um vermeintliche Verletzungen zu ertasten. Auf seiner Brusthaut entdeckte er einen Fächer rötlicher Kratzer, die wohl von der Uhr an seinem Handgelenk herrührten. Er war also in Bauchlage, auf seinem linken Arm liegend, eingeschlafen und wieder aufgewacht.

Erst unter dem eisigen Duschstrahl kam er zu sich. Als er aus der Kabine trat, verharrte er eine Weile vor dem Fenster, hielt die Landschaft fest mit seinem Blick, um sich zu vergewissern, dass der Albtraum vorüber war. Er roch das duftende Kirschholz, den vertrauten Meinl-Kaffeeduft aus dem unteren Stock, Amy würde schon wach sein, sie war ein früher Vogel. Er sah draußen die grün-gelben Hügel, die erhaben zwischen Strauchwerk und verwitterten Totems zum Hudson River hinflossen. Alles vertraut, er war in seinem Wochenendhäuschen in Poughkeepsie, einem verschlafenen Nest in Dutchess County, im Schoße einstiger Wappani-Weiden (»die schilfbedeckte Hütte am kleinen Wasserplatz« hatten die Indianer die Stelle genannt). Eine Idylle, neunzig Minuten von seinem Townhouse in New

York entfernt, nur eine Weile Gerumpel mit der Metro-North Railroad durch die früheren Jagdgründe der Ureinwohner, deren Geister noch immer hier spukten. Er war daheim, nicht ganz, aber in vertrauter Umgebung.

Als Tom in die Hosen stieg, spürte er, dass er unsicher auf den Beinen war, seine linke Hand zitterte, noch halb eingeschlafen vom Druck seines Körpers. Er hatte schon öfter Todesängste erlebt, wenn sein Herz aus dem Rhythmus geraten war, aber seine Ärzte hatten das immer als psychosomatisch bedingte funktionale Störungen abgetan, wahrscheinlich berufsbedingt, von organischen Erkrankungen keine Spur. Sie hatten wohl recht, die Ärzte und ihre Geräte, aber die Aussetzer, die fehlenden Schläge, gingen nicht spurlos an ihm vorüber, die Ahnung, er hinge über einem Abgrund, hielt sich beharrlich. Seit die Heimsuchung durch dieses Gespenst den ganzen Planeten zum Stillstand gebracht hatte, stellte sich plötzlich sein Innenleben auf die Bühne, die Organe, die Nerven, das Gewissen, die Seele, weiß der Teufel. Die trockene Sicht der Profis, die ihn offensichtlich für einen »Hypochonder« hielten – in Wien nannten sie das »Psycherl« –, half ihm, seine Phobien in den Griff zu bekommen. Er lernte damit zu leben.

Ins Kaffeearoma hatte sich inzwischen Amys Parfum gemischt, ein vertrauter Duft, sie hatte sich offensichtlich schon zurechtgemacht. Aber wozu? Wollte sie ausgehen? Nein, sie hätte ihn schon gestern in ihre Pläne eingeweiht, wenn es so wäre. Noch wollte er es nicht wahrhaben, aber er war beunruhigt, und seit einiger Zeit schien es tatsächlich Gründe dafür zu geben. Amy schien nicht mehr dieselbe – oder seine eigene Wahrnehmung war getrübt. Er hörte ihre vertrauten Geräusche unten am Schreibtisch, sie saß einen Stock tiefer an ihrer alten Stenografiermaschine, vertieft in ihre Fingerübungen.

Tom hatte sich vor sieben Jahren in sie verliebt und sie sich in ihn, und sie hatte ihn an New York gebunden wie die Erde den Mond bindet, oder umgekehrt, verlässlich jedenfalls, mit einer mathematischen Gewissheit, die Dauer versprach, ihn, Thomas Maas, den Wiener aus Pötzleinsdorf, der den Schafberg liebte. Amy Alister, seit fünf Jahren seine Frau, hatte seinen Hausberg fast entzaubert, um Tom, drüben in Amerika, in einem neuen Zauber zu fangen: Manhattan.

Er konnte den treibenden Rhythmus ihrer Finger hören, die über die Akkord-Tastatur flogen. Sie liebte dieses altmodische Gerät, das längst durch digitale Gerichtsprotokolle ersetzt worden war, aber für ihre analoge Seele klang es wie Musik, im Gegensatz zum glatten Laptop-Getippse. Amy war schon in Yale die Schnellste gewesen, die Verrückteste, die Künstlerin unter den Kommilitoninnen, und hübsch obendrein. Master-Abschluss in Jus, Anwaltspatent. Strebsamkeit, Ehrgeiz und Disziplin hatten ihr Vater und Großvater, die lange schon tot waren, in die DNA gemeißelt.

Tom glaubte, an der Dynamik ihres Anschlags ihren Gemütszustand erkennen zu können. Im Moment fegte ein Solo über die Tasten, zügellos und beherrscht zugleich, und erzählte wohl eine Geschichte, die so schwarz war wie der Himmel über New Hampshire in einer kalten Jännernacht, aber sicher war er sich nicht. Irgendwas störte. Noch ein Rätsel in der Welt.

»Dir geht's gut heute, Amy, ich kann's hören«, log er durch den Spalt der Badezimmertür. Von seinem eigenen Zustand oder gar von seiner Todesahnung wollte er noch nichts erzählen, um sie nicht zu beunruhigen. Wie gesagt, die Stimmung war in letzter Zeit ein wenig angespannt, subtil nur, ohne Eklat. Keine Reaktion von unten.

Offensichtlich hatte sie Kopfhörer im Ohr und tippte eine ihrer alten Übungskassetten durch – längst vergangene Gerichtsverhandlungen mit Hochtempo-Dialogen und Kreuzverhören – ein ziemlich anachronistisches Geistestraining. Eigentlich ein Aufwärmritual für Gerichtsschreiber, das sie sich schon bald nach ihren Examen auferlegt hatte und bis heute durchzog, obwohl sie längst in einer großen Anwaltskanzlei beschäftigt war, die sich um Steuerrecht und Immobiliengeschäfte kümmerte. Sie machte es aus gehirnsportlichen Gründen, als Therapie zur Sammlung und Schärfung ihres Verstandes. »Ganglien durchputzen« nannte sie das. Auch zur Beruhigung tat sie es, es werde ihr dann so wohlig warm im Kopf und auch im Bauch, ähnlich dem Gefühl, wenn sich ein kräftiger Schluck Cognac ölig im Magen breitmacht. Während einem normalen Menschen das Abtippen eines wortreichen Gerichtsprozesses in Echtzeit aus geistiger Überreizung Übelkeit bereiten würde, fand sie dabei Frieden mit sich und fühlte sich geschützt unter einer Glocke vollkommenster Konzentration.

»Amy, geht's dir gut?«, rief Tom. Lauter diesmal.

Nichts von unten. Nur das Trommeln der Finger. Er setzte sich an den Rand der Badewanne, frottierte sich die Füße und kam ins Grübeln. Was, wenn sie nun doch keine Kopfhörer im Ohr hat, dann hätte sie mich doch hören müssen, hat aber nicht reagiert. Ist sie böse? Gibt's ein Geheimnis?

Sie schien ihm sehr verletzlich in letzter Zeit, hatte begonnen sich zurückzuziehen, in ihren

Ballon, ohne ein Passwort zu hinterlassen. Seit drei Wochen etwa fiel ihm ihr merkwürdiges Verhalten auf, und ihr Schweigen wurde allmählich verräterisch. Es dauerte schon zu lange, um sich problemlos in ein friedliches Gespräch zu wagen. Und je länger das Schweigen anhielt, desto mehr stumme Fragen türmten sich zwischen ihnen.

Inzwischen hatte ihre »Abwesenheit« begonnen, sein Leben auszufüllen und aus dem Gleichgewicht zu rücken. In dieser Zeit hatten sie sich nur einmal geliebt, leidenschaftlich zwar, ja, aber andererseits auch wie eine Notwendigkeit, die sich angestaut hatte. Jedenfalls schien die Atmosphäre zwischen ihnen auf ein Ereignis hinzusteuern, das entweder alles verändern oder Aufklärung über ihr gemeinsames Leben bringen würde.

Die Neugier paarte sich mit einem mulmigen Gefühl, das Tom zur Sache kommen ließ, und als er die Holztreppe hinunterschlich, bestätigte sich sein Misstrauen. Keine Kopfhörer ...

»Amy?« Keine Antwort, aber die Anschläge verlangsamten sich. Sie streckte sich ins Hohlkreuz, wobei ihr ein leichtes Stöhnen auskam. Dass diese kleine erotische Bewegung keine bewusste Geste war, sondern nur ein erlösender Impuls ihrer gespannten Nerven, machte die Sinnlichkeit des Moments noch reizvoller. Er hielt kurz inne, genoss ihren Anblick. Eine Garbe dunkelbraunen Haars floss über die nach hinten gestreckten Schultern, dazwischen eine Ahnung ihres Honighalses. Schön war sie, von allen Seiten war sie das. Er hätte sie am liebsten umarmt und festgehalten für alle Zeit, und gleichzeitig fürchtete er, sie könnte ihm entgleiten, für immer, genau in diesem Augenblick. Er näherte sich von hinten, legte seine Hände auf ihre Schultern und begann sie sanft zu massieren.

»Amy … sprichst du nicht mehr mit mir? Ich hab dich gerufen.« Eher unterwürfig sagte er das, fast zärtlich, jedenfalls nicht im Ton eines amerikanischen Machos, in dem auch ein Hauch von Gewalt mitschwingt, die als sanfte Drohung in der Zukunft liegt. Diese Variante habe sie schon hinter sich, hatte sie einmal lakonisch festgestellt. Trotzdem zog sie abrupt ihre Finger von der Tastatur, als hätte sie eben eine heiße Herdplatte berührt, oder doch einen Befehlston herausgehört. Sie drehte sich nicht um nach ihm, vermied den Augenkontakt, als hätte sie Angst oder zumindest ein schlechtes Gewissen. Aber warum? Dann suchte ihre linke seine rechte Hand auf ihrer Schulter, umschloss sie, während ihr Zeigefinger unschlüssig über den seinen strich.

»War in Gedanken, verzeih.«

»Was schreibst du da?«

»Meine Übungen, das Übliche.«

»Ohne Kopfhörer? Auswendig?!« Sie nickte, ihr Zeigefinger tätschelte kurz seine Hand, lass gut sein, hieß das. Er ließ ab von ihr. Sie war also tatsächlich imstande, ausgedehnte Dialogpassagen aus vergangenen Gerichtsverhandlungen aus dem Gedächtnis abzurufen und in Echtzeit mitzutippen. Das war so außergewöhnlich, dass ihn ein kurzer Schwindel überkam. Als er gerade ansetzen wollte, die Ungewissheit, die wie Nebel aufstieg, zu klären, schrillte das Telefon. Als wäre der Anruf eine Erlösung, begann sie wieder zu tippen, aber sie hatte den Rhythmus verloren. Tom hob ab.

Die Reuters-Agenturen in Wien, Berlin und Zürich wollten aktuelle Reportagen von ihm, Bilder und Geschichten aus New York, als Hotspot der Pandemie, Atmosphärisches aus Manhattan, vielleicht ein Interview mit Cuomo, Gespräche mit Passanten, Obdachlosen, Krankenhauspersonal, Frontline-Stories und so weiter – New York 2020. Er wiederholte die wichtigsten Punkte und notierte sie auf seinem Notizblock.

Als er auflegte, irritierte ihn eine Ahnung – es war still geworden, kein Tippen mehr. Als er sich zum Schreibtisch umdrehte, lag Amy kreidebleich neben ihrem Stuhl, beide Arme verdreht, vom Körper weggestreckt, den Mund leicht geöffnet. Sie musste lautlos zu Boden gesackt sein. Er kniete sich zu ihr, tätschelte ihre Wangen, erst zärtlich, dann grob, schrie sie an, verzweifelt, hob ihren Kopf auf seine Oberschenkel, verlor kurz den Boden, bevor sein Verstand ausgriff, um ihn festzuhalten. Es dauerte eine Ewigkeit, bis sie endlich die Augen öffnete.

»Amy, Amylein ... was ist mit dir?«

»Was?«

»Was ist geschehen?«

»Ah ... ich bin, ich weiß nicht.«

Dr. Fowler, ihr alter Hausarzt, war gerade auf dem Weg in seine Praxis und deshalb schneller zur Stelle, als die Ambulanz es geschafft hätte. Diagnose: Blutzuckerabfall, zu niedriger Blutdruck, zu hoher Puls mit sporadischen Extrasystolen, funktionale Störungen, aber keine lebensbedrohlichen Symptome. Schwanger war auszuschließen, der Teststreifen war auch gestern negativ. Tom wollte nicht mehr von Amys Seite weichen, hielt ihre Hand, streichelte ihr durchs Haar.

»Fahr nur nach New York, ich komme hier schon zurecht«, sagte sie mit leiser Stimme, aber einer Bestimmtheit, die ihn überraschte, und sie setzte noch nach: »Die Reuters-Leute warten nicht gerne, das weißt du doch.«

»Ach, die können mich jetzt«, sagte er, hatte aber gleichzeitig das Gefühl, als empfände sie seine Anwesenheit als Störung, als führte sie etwas im Schilde, das nicht für seine Augen bestimmt war.

»Das Virus und die Menschen laufen dir davon, Tom, und dann hast du keine Stories«, sagte sie.

»Das Virus kann nicht laufen, Mrs. Maas, weil's nämlich gar nicht lebt«, mischte sich Dr. Fowler ein. »... und Sie können gerne Ihrer Arbeit nachgehen, Mr. Maas, wir haben das hier im Griff.«

Tom ließ sich nicht zweimal bitten, er dachte dabei an seine Geldquellen, die allesamt seit vielen Wochen versiegt waren. Der Jazzclub, die Mietwohnungen im Townhouse, alles on hold, aber er wollte seine Bediensteten nicht entlassen, sie waren stets loyal gewesen und hatten Besseres verdient, also bezahlte er sie weiter. Darüber hinaus gehörten sie alle zur Risikogruppe, trotz ihres mittleren Alters, Latinos, Schwarze und zwei Chinesen, die im kleinen Restaurant unter seiner Wohnung gearbeitet hatten. Chinesisch essen wollte hier seit Wochen keiner mehr, dabei kochten sie brillant und niemals Fledermäuse, außerdem waren sie gebürtige New Yorker in dritter Generation.

Einzig sein Reporterjob konnte jetzt noch ein Einkommen sichern, also machte er sich auf den Weg. Seinen Wagen ließ er in der Garage, fuhr mit dem

Taxi zum Bahnhof und nahm den Zug nach New York, um nachdenken zu können auf der Fahrt. Er war aus der Spur, konnte keinen klaren Gedanken mehr fassen. Amys Ohnmacht war nur eines der rätselhaften Ereignisse, die ihn nun für längere Zeit nicht mehr loslassen sollten.

Jetzt, da die Welt stillstand – er schien auch im Zug der einzige Fahrgast zu sein –, konnte man plötzlich das Gras wachsen hören. Alles kam auf den Tisch, Kleinigkeiten und Grundsätzliches, als hätte die Überdosis an pandemischer Ruhe alle Fragezeichen freigelegt. Was war nur mit ihr? Ihre Reaktionen entsprachen nicht dem natürlichen Fluss, als spielte sie eine Rolle in einem Stück, das ihm völlig fremd war.

Sein Kopf, ans wummernde Fenster gelehnt, akzeptierte die Massage, das Gerumpel der Hudson Line. Draußen flogen Industrieanlagen und ein paar verwitterte Einfamilienhäuser vorbei. Er starrte ins Leere, selbst die *Zumtobel*-Leuchten-Fabrik, die ihm als Österreicher noch bei jeder Fahrt eine Sekunde Heimat schenkte, hatte er diesmal nicht wahrgenommen.

Sie waren doch eigentlich ein stimmiges Paar, beruhigte er sich, Amy und er, ihre Talente und Temperamente griffen ineinander, sie waren erfolgreich, hatten sich über die Jahre ein kleines Vermögen erarbeitet, einen respektablen Freundeskreis, alles war gut. Alles war doch gut. Er wollte keinen Tag der ersten fünf Ehejahre missen. Einzig die Sehnsucht, die eine Sehnsucht, ja, die war geblieben – ein Kind, *das* Kind, eine Familie, sesshaft werden. Ein Wunsch, der allmählich zur Wolke wurde, die ihre Tage zu trüben begann. Sie hatten alles Mögliche ausprobiert. Bisherige Versuche waren gescheitert. Sperma und Gebärmuttercheck ohne Befund, In-vitro-Fertilisation und Hormonbehandlungen – ohne Ergebnis. Amy war jetzt 35, in der beginnenden Blüte ihres Lebens und längst bereit, Wurzeln zu schlagen.

Tom und sesshaft – das schien noch illusorisch, er blieb ein Wahrträumer. Vieles von dem, was ihm seine Vorstellungskraft entworfen hatte, war tatsächlich eingetreten, was ihn glauben machte, er könnte tatsächlich sein ganzes Leben als Traum vor die Zukunft hinpinseln und dann Schritt für Schritt mit der Wirklichkeit synchronisieren. Seine Trefferquote war gar nicht übel, die ersten Etappen der vorgeträumten Pfade hatte er wahr gemacht. Die Frau seiner Sehnsucht war an seiner Seite und das Abenteurerleben, das ihm der übermächtige Geist des Arthur Rimbaud einst eingeflößt hatte, lebte er tatsächlich. Er war ein gefragter Journalist, Besitzer eines Mietshauses und Pächter eines kleinen Jazzclubs im Zentrum der Welt. Kaufmännische Cleverness, Menschenkenntnis und eine entwaffnende Offenheit hatten ihn breit aufgestellt, wie man so sagt. Und ja, Rimbaud, Frankreichs Dichtergenie, war der Held seiner Jugendjahre und bis heute. Das verrückte Leben dieses Patrons der Rastlosen galt ihm seit jeher als Blaupause.

»Der Kerl ist schon seit hundertdreißig Jahren tot, Tom«, musste Amy öfters einwenden, um ihn wieder auf den Boden zu holen, »und er gibt dir noch immer Tritte in den Arsch.« »Arsch« hatte sie tatsächlich auf Deutsch gesagt. Sie lernte schnell. Auch »Oasch« ging schon recht gut. Sie hatte das Faible ihres Mannes anfangs belächelt und für kindische Extravaganz gehalten, war dann aber doch geraume Zeit mit ihm durch die Welt gezogen und musste sich am Ende sogar eingestehen, dass dieser mausetote Franzose ihrem Tom über Jahre ein einträglicher Inspirationsquell gewesen war. Das Leben ist anderswo.

Aber das Anderswo, das Vagabundendasein, die Schlafsacknächte in der algerischen Sahara, das tagelange Martyrium auf rostigen Fischkuttern zwischen Sansibar und Mogadischu, nur um ein paar verwahrloste Warlords zu interviewen, und dazu die Geschichten im Ohr, die schon Rimbaud in diesen Breiten erlebt hatte, nachdem er seine Schreibfeder ins Feuer geworfen und ein Leben als Söldner und Waffenhändler vorgezogen hatte – das war entschieden zu viel gewesen für Amys Nerven. Sie wollte nicht mehr wissen, wie viele Gewehre er nach Mosambik oder Addis Abeba verschoben hatte, sondern verspürte nur noch Wut auf diesen Verrückten, der mit seiner heiligsten Gabe so verächtlich umgegangen war.

Irgendwie hatte sie die versnobte Leichtigkeit und das taktvolle Selbstbewusstsein der beschützten Töchter einer Upperclass-Familie aus Connecticut beibehalten. Hartford ist allerdings nicht die Welt, weshalb ihr Tom damals mit seinen fliegenden Plänen gerade recht gekommen war, da er reizvolle Abzweigungen von den Perspektiven versprach, die ihr von den Eltern vorgezeichnet waren. Ein Spießer wäre das Letzte gewesen, was sie ertragen wollte, dann lieber Kriegsstaub und Abenteuer. Ihr Vater war früh verstorben, ein Schlaganfall nach gestressten Anästhesisten-Jahren, die Mutter verbrachte die meiste Zeit mit depressiven Verstimmungen in Sanatorien. Das Familienvermögen stammte noch aus den Herrenjahren ihres Großvaters, einem biblischen Patriarchen, der lange Zeit glücklich in Kupferminen in Arizona investiert war und der Familie den Status vermacht hatte, den sie heute genoss.

Tom musste schmunzeln beim Gedanken an die ersten Sekunden ihrer gemeinsamen Zeit. Damals, vor sieben Jahren, oben in North Conway/New

Hampshire. Dort hatten die Alisters über die Wintermonate ein Holzchalet an den Hängen des Mount Cranmore gemietet, um sich von österreichischen Skimeistern vom Arlberg das Pflügen durch den Schnee beibringen zu lassen. Aus jener Zeit stammte auch eine auffallende Neigung des Clans zu allem, was nach Österreich roch: Apfelstrudel, Sachertorte, Käsknöpfle, Piz-Buin-Sonnencreme, Gemütlichkeit und die Fähigkeit zur Muße, die amerikanische Menschen in ihrem Blut nicht finden. Und eben er, Tom Maas, damals noch Thomas, der all diese Köstlichkeiten und seine trinkfesten Freunde aus Wien und Vorarlberg mitgebracht hatte, um den Einheimischen zu zeigen, was Feiern heißt. Im Rahmen eines dieser ausgelassenen Verbrüderungsabende, die Amerika mit österreichischer Lebenskultur vertraut machen sollten, hatte er erstmals Amys Wege gekreuzt, oder besser umgekehrt, sie die seinen.

Er richtete sich auf, griff sich an die Schläfe, die vom Vibrieren des Zugfensters gerötet war. Draußen schoben sich schon die Mietstürme der Bronx aus dem Dunst. Er räusperte sich, um die Erinnerung zu schärfen, und holte den Moment zurück.

Es war eine klare, schneidend kalte Silvesternacht. Ein makelloser Vollmond saß wichtig auf dem Kamm des Mount Cranmore und warf einen Lichtpfad auf Toms Hotelbett. Er lag wie versteinert. Alle seine Sinne gespannt, denn ein Geräusch, draußen vor der Tür, hatte seinen Körper zum Alarm versteift, er hielt, so gut es ging, den Atem an, als sich die Tür, die er zu schließen vergessen hatte, langsam öffnete. Ein Schatten tapste herein, ein weiblicher Schatten, nicht auf Zehenspitzen, sondern mit der gelassenen Sicherheit, die jemand ausstrahlt, der nach durchfeierter Nacht endlich in seinen vier Wänden landet, bereit, ins Bett zu fallen, in einen traumlosen Schlaf. Bevor sie die Tür schloss, wischte ein Luftzug durchs Zimmer und ließ die Stores sich bauschen, als wollten sie ihn warnen. Tom zog lautlos die Bettdecke hoch bis zur Nase. Eine betörende Mischung aus Parfum und Tanzschweiß, die sich breitmachte, und ihre aparte Silhouette halfen seiner Aufmerksamkeit in ein sinnliches Gelände, das ihm neu war. Inzwischen erfüllte ihr Mädchenduft den ganzen Raum. Das Mondlicht zog sie zum Fenster hin. Sie war jetzt vielleicht zwei Meter von seinem Gesicht entfernt, er zog seine Beine langsam, mit angehaltenem Atem, unter das Laken, ihr Profil immer im Blick. Konnte sie ihn riechen oder hören? Sie schwankte leicht. An einem der Stores hielt sie sich fest und ließ den Mond nicht aus den Augen, als hätte er in ihr eine Andacht erweckt oder doch eine Ahnung. Der Weg von der Türe bis zum Fenster war schon dezent verstolpert gewesen, sie war kurz gewankt und hatte sich an der Wand abgestützt – eine leichte Witterung von Wodka. In diesen Sekunden hätte er gerne die Zeit angehalten für dieses kleine Weilchen Seligkeit. Er war gerade dabei, sich in einen Schatten zu verlieben, dessen unbeholfenes Tänzchen seine Sinne gefangen hatte. Dabei war nichts geschehen, und doch war da ein Dröhnen, wie von einem Lastenzug oder einem Paukenschlag, eine Meldung von irgendwo, von einem Stab, der eine andere Welt befehligt, der nur einmal im Leben an die Seele klopft.

Gerade als er sich entschlossen hatte, sich preiszugeben, setzte sie sich aufs Bett, mit einem lang gezogenen Furz. Kein Fauxpas, wie sich herausstellte, sondern Absicht, denn es folgte im Sitzen ein zweiter. Sie wusste noch nichts von Tom. Natürlich war damit die heilige Romantik des Augenblicks aus dem Zimmer gefegt, und Tom hatte unter der Zudecke alle Hände voll zu tun, seinen Lachkrampf zu verbeißen. Gleichzeitig versuchte er, die Situation gnädig in die intime, künftige Vertrautheit eines alten Ehepaars umzudeuten, um noch ein Stück Poesie aus der Szene zu retten. Wenig später war das letzte Lied im unteren Stock verklungen, als sich Amy mit einem erschöpften Seufzer rücklings Richtung Kopfpolster fallen ließ, genau auf sein Gesicht. Der Duft ihres Haars war ihm nur kurz vergönnt, dann schoss sie mit einem gellenden Schrei hoch, der sich überschlug und noch nachhallte, bis sie aus dem Zimmer war. Im Gang draußen schob sie noch einen zweiten hinterher, bis sämtliche Gäste aus den Zimmern stoben. Der Tumult riss lange nicht ab, ein hysterischer Wirrwarr aus Vermutungen, Fragen, Anklagen – »Vergewaltigt?«, »Diebstahl?«, »Hat er sie verjagt?«, »Kleine Bitch!«, »Einbrecher!??«, »Ruuuhe!«, »Nein, nein, Zimmer verwechselt!«, »Missverständnis«, Aufklärung, Gelächter, ein paar Fetzen Wiener Dialekt waren auch dabei, als sich Amy schließlich zerknirscht davonschlich. Tom hatte damals, an seine offene Zimmertür gelehnt, das Treiben beobachtet, hatte zwischen den huschenden Gestalten immer wieder ihren Blick gesucht. Sie nickte zurück – sorry. So stand er angewurzelt, bis alle verschwunden, alle Türen wieder geschlossen waren, und er wusste, dass er sich in dieser Nacht an den Mond halten würde, ohne in den Schlaf zu finden.

Er lehnte seine Schläfe wieder ans Zugfenster, Blick nach Süden, wo sich schon die Skyline von Manhattan über alles erhob, was sich bis zum Hudson hin duckte. Als er am Grand Central ausstieg, war die Welt noch stiller als in Poughkeepsie.

Von den großen Bogenfenstern unterm türkisblauen Sternenhimmel stachen Lichtpfeile auf den blanken Boden, der von zwei Figuren in Schutzanzügen, Raumanzügen nicht unähnlich, desinfiziert wurde. Ansonsten – niemand da. Nur das Fauchen der Spritzpistolen hallte von den Wänden. Ein ähnliches Bild am Times Square, keine Menschenseele, kein Auto weit und breit, kein Yellow Cab, kein Polizist. Eine verlassene Kulisse. Nur das Gurren der Tauben und ihr zorniger Flügelschlag, wenn sie sich um Essensreste zankten, kam als Echo aus den Schluchten zurück. Eine mächtige Stille lag über der Stadt, die niemals schläft. Jetzt schlief sie. Musste schlafen. Zum allerersten Mal seit vierhundert Jahren. Das war erstaunlich und es fühlte sich an wie eine Sonnenfinsternis, die frösteln macht im Moment der totalen Eklipse, wenn der Mond präzise die Sonne verdeckt und den Tag verdunkelt, das Virus seinen Wirt findet und ansatzlos kühle Winde in Häuser und Köpfe weht, als Vorahnung des Dunkels, das draußen wartet.

Werbeclips flimmerten über Screens, die keiner mehr sah. Stoßweise zogen Windfahnen durch die Straßen, wirbelten Papierfetzen und Dampfwolken aus den Entlüftungsschächten der U-Bahn durch die Luft. Das Szenario erinnerte Tom an halb verlassene

Wildwest-Städte aus Sergio-Leone-Filmen oder einen Jack-London-Roman, an die Strohballen und Staubhosen, die der Wind über Karrenpfade zog, während die Einwohner hinter ihren Fenstern und Vorhängen hockten, in Erwartung einer Bande, die Übles vorhatte mit der Stadt. Das Perfide an der jetzigen Situation war die seltsame Beschaffenheit des Feindes, der nicht wie der Teufel in die Stadt geritten kam, um sich dem Kampf zu stellen, sondern lautlos, unsichtbar, geruch- und schamlos Platz nahm in diesem Leben, eine Kreatur aus der Mikrowelt, die eigentlich gar nicht lebt und doch durch ihre bloße Existenz in unseren Körpern nisten und sie töten kann.

Als hätte sich sein Innerstes nach außen gestülpt, so fühlte sich das an. Unwägbarkeit in jeder Pore und Endzeitstimmung in der Stadt. Die Menschen blieben zu Hause, diszipliniert und paralysiert, vor ihren Flatscreens, Laptops, iPhones oder Radios, und warteten auf neue Zahlen und Anweisungen. Tom wusste, auf das Weiße Haus, in dem einer herumlärmte, der nicht mal ein strukturelles Verhältnis zur Demokratie hatte, war in diesen Tagen kein Verlass, also scharten sich alle um Andrew M. Cuomo, den Gouverneur des Staates New York, bei dem alles zusammenlief, die Sorgen und Klagen aus dem Epizentrum. Er war Koordinator, Commander, Tröster und Vater in einem, in nächtlichen Talkshows gar zum Übervater gehypt und als »Cuomosexual« zur sinnlichen Instanz verballhornt, aus Zuneigung, ohne jeden Sarkasmus, wie Tom beiläufig mitbekommen hatte, wenn er zwischendurch bei Jimmy Fallon oder Ellen DeGeneres vorbeigeschaut hatte.

Tom zog weiter, ging Richtung Süden bis zum Empire State. Die 7er-Subway war zwar in Betrieb, aber kaum einer saß drin, sie rollte wie verlorener Singsang durch die Unterwelt. Toms Schritte griffen weit aus, als wäre er auf der Flucht, und so war's ja auch. Er wollte seine Lungen spüren, den Herzschlag, das pochende Blut im Kopf, er wollte sich wach machen, um diese Geiselhaft zu verstehen. Alles war hinter ihm her – Amy, die Liebe, das fehlende Kind, das Virus, seine Gesundheit, das Geld, die Lieben daheim in Pötzleinsdorf, seine Mutter und ihre brachliegende Gärtnerei – er ging immer schneller, um den aufdringlichen Rattenschwanz loszuwerden.

Als er endlich über die 23rd nach Westen, Richtung Chelsea hin abbog, musste er kurz innehalten, hielt sich mit seiner ausgestreckten Rechten an einem Schaufenster fest und atmete heftig gegen sein Spiegelbild, bis die Scheibe anlief. An seinen Schläfen spielte schon Silberhaar ins Braun, das war ihm auch morgens im Badezimmerspiegel aufgefallen ... Er wischte ungläubig die Trübung vom Fenster, um sich im klaren Glas die Bestätigung zu holen: Augenringe, neue Falten bis zum Haaransatz, die grauen auszuzupfen rentierte sich nicht mehr. Er war gerade fünfundvierzig geworden, und was er sah, machte ihn fahrig. Er stellte sich stramm vors Schaufenster, Hohlkreuz, dann ins Profil, zog den Bauch ein und wusste, Details und Gesamtbild standen in keinem Verhältnis mehr zu seinem einstigen Selbstbild. Zwei Monate lang, geworfen in den ureigensten Humus, das hatte nicht nur an seiner Seele genagt, sondern auch an Haut und Haaren. Um aufkommende Panik im Keim zu ersticken, wählte er hastig die Büronummer des Gouverneurs und war erleichtert, als die herzliche Stimme der Sekretärin an sein Ohr drang, um problemlos einen Interviewtermin für den kommenden Tag zu bestätigen. Er atmete erschöpft aus, nachdem er aufgelegt hatte, als hätte er eine wichtige Prüfung bestanden. Mach dich an die Arbeit, sagte er sich, um das Bild im Schaufenster Lügen zu strafen. Wie sonst sollte er die Unruhe vertreiben, die ihm wie ein kleines Monster den Rücken hochkroch.

Er sah sich um, niemand zu sehen, kein Mensch, einzig die von Windböen vertragenen Sirenen der Ambulanzautos geisterten durch die Häuserfluchten. Merkwürdig – die virtuelle Version dieses Zustandes kannte er aus Filmen, die derartige Horrorszenarien vor Jahren schon vorausgedacht hatten, und doch ließ einen die Tatsächlichkeit des Ereignisses hilflos und unvorbereitet zurück. Er nahm seinen Schritt wieder auf, den zügigen Rhythmus von vorhin, wie in Trance, Blick auf den Asphalt. Ein paar Blocks weiter wuselte ihm ein verstörtes Rattenrudel um die Schuhe, kam aus Löchern, die keiner sehen konnte. Aggressiv und ohne Menschenscheu. Jetzt, da sich die New Yorker in ihren Wohnungen einigeln mussten, gab es plötzlich weniger Abfälle – klar, die meisten Restaurants hatten geschlossen, da fiel nichts mehr an, außerdem schienen das Virus oder der Hunger oder gar die Vernunft eine neue Ethik im Umgang mit Nahrungsmitteln erzwungen zu haben, das trieb die kleinen Nager auf die Straße, auf der Suche nach Resten, die es nicht gab. Nicht nur die Ratten hungerten. Warteschlangen vor den Foodbanks. Zwei Millionen New Yorker haben zu wenig zu essen, die Logistik läuft nicht mehr rund, hieß es gestern unter der Hand, im Netz sowieso, nicht in den offiziellen Medien, wohl um Panik zu verhindern, die der stolzen Stadt nicht gut zu Gesicht stünde. Dabei muss den New Yorkern seit 9/11 keiner mehr kommen, das wusste Tom, sie sehen sich längst als unbeugsame Armee an der Front der zivilisierten Welt, die weißen, die schwarzen, die braunen, die gelben und die roten New Yorker, als verschworene Speerspitze des Widerstands gegen was immer da kommen mochte.

Ein paar Meter weiter lugte der angebissene Unterschenkel eines schwarzen Mannes unter einer Plastikplane hervor. Er grunzte einen Fluch, als Tom über ihn stolperte, und versuchte, die offene Wunde mit einem Fusel zu desinfizieren, den Rest trank er aus. In der freien Hand hielt er einen Baseballschläger, um die Ratten zu verscheuchen. Vergeblich. Hinter ihm tropfte ein frisch gesprayter Wunsch von der Wand: Dear Covid, you can kindly fuck off now!

Die Leute, die sich's leisten konnten, waren längst über alle Berge, geflüchtet in ihre Villen in den Hamptons, auf Martha's Vineyard oder Cape Cod. Es gab sogar barbarische Bohemiens, die sich mit dem Helikopter Lobster aus Maine einfliegen ließen. Die Geldaristos der Upper East Side hatten rechtzeitig und kistenweise Edeltropfen, Lammfilets, Austern und so viel Bargeld gebunkert, dass der Bank of America temporär die 100-Dollar-Scheine ausgegangen waren. Tom wusste aus sicheren Quellen, dass pro Hausstand Vorbestellungen für 10 000 Dollar (100 Steaks, 100 Hühnerbrüste, Beluga-Kaviar und so weiter) nach Long Island gekarrt worden waren.

Man saß fest, denn auch mit Privatjets gab es kein Entkommen mehr, selbst wenn 150 000 Dollar pro Sitz geboten wurden. Es zappelt die Hochfinanz, schrieb er in seinen Notizblock.

Die meisten New Yorker aber saßen in der Falle. 20 000 mussten bereits die Stadt verlassen. Viele konnten weder ihre Leasingraten noch ihre Mieten bezahlen, U-Hauls, die Möbelwagen der Nomaden, standen plötzlich in allen Straßen, Umzügler überall, Zehntausende lebten von Scheck zu Scheck und hangelten sich von Woche zu Woche, krankenversichert nur, solange sie einen Job hatten. Am Times Square standen inzwischen kleine Zelte, in denen Menschen hausten, die ausquartiert worden waren, Leute, die einst 5000-Dollar-Jobs hatten, aber sie lebten – sie lebten in New York City, der Stadt der Städte. Rücklagen waren für die meisten ein Fremdwort und so kollabierte jetzt im Zeitraffer, den die Stadt selbst vorgab, ein ganzes System. Die Fassaden fielen wie ein Potemkinsches Dorf, das einem Tornado nicht standhält.

Um die Ecke saßen ein paar junge Leute, Männer in guten Anzügen, weißen Hemden und Krawatten, im Schneidersitz unter blinkenden, im Wind schaukelnden Ampeln auf dem Asphalt einer völlig verwaisten Straße, die normalerweise von Autokolonnen verstopft war, und tranken lauthals ihre selbst gerührten Margaritas, während auf der gegenüberliegenden Straßenseite zwei Polizisten nicht die geringste Notiz davon nahmen. Sie erzählten sich was und kickten sich dabei Coladosen zu, Law & Order wollten nicht eingreifen – ein paar Wochen zuvor wären die Krawattenjungs wegen »public intoxication« verhaftet worden. Endzeitstimmung lag über der Szene, der übliche Sound der Stadt, den jeder hier liebte wie seine Plattensammlung, hatte sich verzogen. Nüchtern und platt, wie zerzauste Theaterkulissen, die unversehens ins Sonnenlicht gerückt wurden, lag alles da, die glanzlose Wahrheit an einem leisen Nachmittag, leise, bis auf die Ambulanzsirenen in der Ferne.

Als Tom, nach Stunden, die ihm gar nicht bewusst wurden, endlich bei seinem Townhouse ankam, in seinem friedlichen Viertel, das die stille Würde des alten Chelsea Hotels angenommen hatte, verstörte ihn eine Warteschlange vor dem Nachbarblock. Was wollten die alle? Er stellte sich in die Reihe und brachte in Erfahrung, dass der ungewohnte Anblick mit den neuesten Vorschriften zu tun hatte. Die Abstandsregeln ließen nur zwei Personen pro Liftfahrt zu, alles kontrolliert vom Concierge im Parterre. Gated Community. In diesem Hochhaus wohnten allerdings über tausend Menschen, was Probleme nach sich zog. Einige warteten schon seit zwei Stunden, um in ihre Wohnungen zu gelangen. Die sinkende Sonne blitzte immer wieder zwischen den Wohnblöcken auf, wenn sie auf Fenster oder Solaranlagen auf den Dächern traf, bevor sie zum Fluss hin abtauchte. Bald nach Sonnenuntergang erwachte der Nachtmodus der Stadt und färbte die Wolken schmutzig-rosa. Die Menschenschlange stand schon im Halbdunkel, schien jetzt aber auszudünnen. Die Jüngeren hatten sich aufgemacht, zur Abwechslung das Stiegenhaus oder die Feuerleitern zu benutzen. Alles geschah wie ferngesteuert, ruhig und ohne jedes Murren.

In Toms Haus war alles beim Alten, die Mietapartments standen leer, die Möbel lagen unter einem dünnen Staubfilm, keine Spuren von Einbruch oder Fremdeinwirkung. Er öffnete sämtliche Fenster, ließ die frische Abendbrise den Mief verjagen und klickte CNN auf den TV-Screen, um auf dem Laufenden zu bleiben und, ja, um sich die Illusion von Gesellschaft zu schaffen. Auf der Dachterrasse hatten Bougainvillea, Efeu und Kletterrosen acht Wochen Zeit gehabt, Mauern und Geländer in Purpur und Rosa zu tauchen. Amys grüner Daumen hatte von Anfang an das Regiment geführt und auf ein trostloses Dach ein Idyll gezaubert.

In der Wohnung blies inzwischen ein aufkommender Sturm Stores und Blätter durch die Zimmer, er schloss die Fenster und fiel müde in seinen Lehnsessel. Auf CNN hatten Virologen und Epidemiologen das Kommando übernommen. »America on the Edge«. Man konnte Wolf Blitzer im »Situation Room« beim Altern zusehen. Ein halb voller Jack Daniels stand in Griffweite. Nach dem dritten Glas befiel ihn ein gnädiger Friede und ein tiefer, kurzer Schlaf. Ihm träumte von einer Riesenratte, die breitspurig in seinem Sessel lümmelte. Die Fernbedienung in der rechten Pfote, zappte sie frech durchs Programm, in ihren Augen unverschämte Gleichgültigkeit. Jemand hatte hier die Macht übernommen. Tom griff wie in Trance in den Messerblock, zog das geschliffenste heraus und schlich sich von hinten an das Tier heran. Als er gerade zustechen wollte, riss ihn ein grelles Geräusch in die Wirklichkeit zurück. Die Fernbedienung war von der Stuhllehne aufs Parkett geklatscht. Seine Zunge war ein pelziger Lappen, er musste schmatzen und sich schütteln wie ein Hund, dann drückte er CNN auf tonlos. Es war zwei Uhr früh.

Der Kater im Nacken zwang ihn zum Aufstehen, er musste sich bewegen. Außerdem ließ ihn die Ratte aus dem Traum noch immer nicht los, er ging instinktiv auf die Suche, kroch in jede Ecke und vor allem hinter den Kühlschrank. Ratten können weder schwitzen noch hecheln, sie suchen immer den kühlsten Platz. Aber da war nichts. Nur schöne Dinge in den Räumen. An jeder zweiten Wand ein Bücherregal. In einem Dutzend schlanker Vasen drapierte Callas und weiße Lilien, auch verwelkt noch schön, dazwischen Spiegeltischchen von Moser, Thonet-Stühle, eine Kredenz mit verschlungenen Mangrovenbeinchen, ein mondäner Buenos-Aires-Sessel, alles Amys Kaufentscheidungen. Ihr Hang zu Wien und dessen Kunst war augenscheinlich, Toms Einführungen hatten gefruchtet, und seine Frau lebte die Symbiose vor, hatte sich verzückt im Fin de Siècle verloren, was mit der smarten Seele New Yorks prächtig harmonierte.

Seit CNN verstummt war und nur noch die Dinge zu ihm sprachen, ergriff ihn plötzlich ein seltsames Gefühl, das ihm eigentlich fremd war. Er schob es auch verärgert wieder von sich, aber es ließ sich nicht verscheuchen und es hatte einen Namen: Heimweh – nur ein Anflug davon, aber doch: Heimweh. Nach Gelassenheit, Geborgenheit, nach Amy oder gar nach Pötzleinsdorf? Nein, das würde er sich nie eingestehen, noch nicht, er war doch ausgezogen, um ein Rimbaud zu sein, grenzenlos, ja, ein Paria, wenn's sein musste ... Und doch sah er dieses andere Gesicht, in das sich Jahre und Sehnsüchte eingegraben hatten und das darauf pochte, endlich wahrgenommen zu werden.

Die Stille der letzten Wochen hatte ihren Tribut gefordert. Und doch wollte Tom nicht glauben, dass sein Motto so leicht auf den Kopf gestellt werden konnte. Fernweh war seit jeher der Motor seines Lebens gewesen, allein der Wortklang von Rangun, Malabar, Daressalam oder Tegucigalpa machte ihm Gänsehaut. Er war ein Reisender, ein Durchreisender, ein Zeuge, ein Berichterstatter, immer schon gewesen. Was kam da an? Der Zerrissene? Der Heimkehrer? Ein Zeichen? Blödsinn. Er glaubte nicht an Zeichen. Er glaubte an die Aufklärung, die Liebe, Rimbaud, die Freiheit, an Mozart, Keith Richards und andere Rebellen. Aber an Zeichen? Nein. Die Sache mit den Zeichen, Visionen, dem Stimmenhören, In-Zungen-Reden und sonstigem Humbug hatte er schon mit Amys Verwandtschaft zur Genüge abgehandelt, einer Verwandtschaft, die hier in witzigen Fotokollagen (Amys) an den Wänden hing und ihn vergeblich hatte bekehren wollen. Er hatte Dispute mit Methodisten, Baptisten, deliranten Pfingstlern und sonstigen Evangelikalen erlebt und wollte sich fortan, so gut es ging, aus der amerikanischen Ursehnsucht nach dem Übernatürlichen heraushalten. Meistens zog er es vor, einfach den Mund zu halten, um Anflüge sozialer Ächtung zu vermeiden. Er hatte genug von Leuten, die ihren atavistischen Schwachsinn bis ins Weiße Haus getragen hatten, und fühlte sich der aufgeklärten Hälfte der Nation zugehörig.

Auch Amy hatte sich längst emanzipiert von den rigiden Vorgaben des Vaters und der reaktionären Welt ihres Großvaters, der schon mit Darwins Lehre seine Probleme gehabt hatte. Einen Rest calvinistischen Drills allerdings hatte sie sich nicht nehmen lassen, sie war ein disziplinierter Vollstrecker geblieben, in allem, was sie anpackte.

Ach Amy, Amy. Was ist los? Seit zwölf Stunden kein Zeichen von ihr. Das Gleichgewicht war dahin. Immerhin hatten sie beide gerade erst Vorboten ihrer Hinfälligkeit erlebt, die nicht alltäglich waren, sie ihren Kollaps, er seinen Albtraum samt Herzflimmern. Dass ihre Körper begonnen hatten, auf verdrängte Verwerfungen zu reagieren, war nicht verwunderlich, zumal auch gewohnte Abläufe und Rituale des Alltags nicht mehr verbindlich schienen, denn normalerweise rief sie mindestens einmal an, sobald sie ihn im Townhouse wusste. Wie üblich war er genauso stur wie sie, das Unausgesprochene war nur schwer zu besprechen und die Streitkultur der beiden war nicht wirklich hoch entwickelt, am Ende kam's auf Schweigen hinaus. Immer, bis irgendwann ein außerfamiliäres Ereignis die Gelegenheit bot, sich gemeinsam einem neuen Feind zu stellen. Aber was im Moment geschah, hatte eine neue Qualität.

Es war keine angehende Depression, die sich in Amys Tage schlich, was verständlich gewesen wäre, im Gegenteil, sie schien hoch konzentriert und wirkte wie jemand, der im Begriff ist, sich eine Parallelwelt zu spinnen. Das beunruhigte ihn. Zum ersten Mal in seiner Ehe fühlte er sich ausgeschlossen.

Er stand herum, ratlos und aufgewühlt wie ein Mann der letzten Tage. Natürlich war das lächerlich, aber es reizte ihn, sich trotzig in seiner Melancholie zu suhlen. Er ging zu ihrem Kleiderkasten, umarmte ihre Kostüme, die Nase tief im Stoff, versprühte ein paar Fahnen ihres Parfums im Raum. Überall, wo er ihre Spuren finden konnte, hielt er sie fest, nahm sie zur Nase und zum Mund – mach dich nicht verrückt, verdammt, sie ist nicht tot, sie ist in Poughkeepsie und am Ende ist alles ganz harmlos, Launen, Hormone, weiß der Teufel.

Er legte sich ins Bett, auf Amys Seite, ihr Duft hatte sich als Ahnung im Kissen gehalten, dann schlief er ein, diesmal bis in den Morgen.

Eine Ambulanzsirene weckte ihn, noch bevor die Sonne ihren Weg ins Zimmer fand. Beim ersten Blick aus dem Fenster sah er über den High Line Park, der zu dieser Tageszeit normalerweise von Touristen und fiebrigen New Yorkern überquoll, nur zwei armselige, dürre Dalmatiner streunen, deren

Rippenknochen sich schon ins verfilzte Fell beulten, auf der Suche nach Fressbarem. Aber da war keiner und da gab es nichts.

Tom schlug drei Eier, die er tags zuvor als Notration besorgt hatte, in die Pfanne und brühte sich einen Filterkaffee auf. Vom Nacken her kroch ein Migräneschub zum Schädel hoch. Mit Kaffee war das manchmal abzufangen, er musste in Form sein heute, hatte Arbeit vor sich. Nach dem ersten Schluck, heiß, schwarz, ohne Zucker, bemerkte er Amys Notizblock auf der Anrichte, akkurat dazu der Länge nach ausgerichtet ein wohlgespitzter Bleistift. Eine Reihe von Ärztenamen war dort aufgelistet, alles Gynäkologen, In-vitro-Spezialisten, soweit er sich erinnern konnte: Prof. John Hesla, Dr. Brandon Bankowski, aus Österreich Dr. Herbert Zech, Dr. Hans-Peter Steiner und ... er stutzte, Dr. Andrea Falcony – er konnte sich zwar an keine Ärztin dieses Namens erinnern, aber Amy hatte wohl nachrecherchiert, die Verzweiflung hatte sie sehr eifrig gemacht. Hinter allen Namen waren Rufzeichen gesetzt. Hinter Falcony zwei. Ob er Amy nicht anrufen sollte? Sie würde sicher schon wach sein. Vielleicht hatte sie Neuigkeiten ... Er hatte ihre Nummer im Handy schon aufgerufen, sein sturer Stolz aber und auch die Angst vor neuen Wahrheiten ließen einen Anruf noch nicht zu.

Als er in die Sonne hinaustrat, fiel ihm gleich wieder die Menschenschlange vor dem Nachbarblock ins Auge, die Liftschlange. Fast alle trugen ihren Mund-Nasen-Schutz im Gesicht, ein kurioser Anblick – chinesische Disziplin in New York City.

Lautes Stimmengewirr versetzte die Wartenden plötzlich in Aufregung, eine männliche und eine weibliche Stimme in keifendem Hin und Her, von hoch oben kamen sie, hallten wider von den Mauern der Nachbarhäuser. Von der Straße her schoben sich mehr und mehr Leute in die Reihe, die sich, je lauter das Gezänk wurde, allmählich zu einem U formte und schließlich zu einer dicht gestaffelten Menschentraube, die gebannt nach oben blickte. Ein weißhaariger Mann lehnte dort, im fünfzehnten Stock, noch halb aufrecht auf dem Sims, rücklings aus dem Fenster, die eine Hand hielt einen Vorhang fest, die andere fuchtelte verzweifelt über dem Abgrund, offensichtlich im Abwehrkampf gegen eine andere Hand aus dem Schwarz des Fensters, die rettend eingreifen wollte. Die weibliche Stimme wurde immer hysterischer und ebbte endlich in ein verzweifelt lang gezogenes »Lennyyyy« aus, das als Echo allen um die Ohren flog. In der Sekunde, als der Mann den Vorhang losließ, spreizte er seine Arme weit von sich, wie einst Greg Louganis, stieß sich ab, streckte sich stramm wie ein Gekreuzigter und stürzte rücklings kopfüber, in jener entschlossenen Ästhetik, die auch einige Springer vom Trade Center für ihr Ende gewählt hatten, in die Tiefe. Einige der Zuschauer flohen stolpernd rückwärts aus der vermeintlichen Flugbahn, schoben blitzschnell einen Keil in die Traube. Ein böiges Pfeifen dann, wie es schnell fliegende Objekte nach sich ziehen, und ein sattes, schweres Klatschen. Er muss diese Sprünge im Kopf gehabt haben, dachte Tom, genau diese Sprünge aus dem Nordturm. Auch ihn hatte damals dieser inszenierte Schlussakt nicht mehr losgelassen, die stolze New Yorker Chuzpe, mit Performance in den Tod. Bei den 9/11-Sprüngen hatte er nach wenigen Fallmetern die Augen geschlossen, diesmal blieb er ohne Wimpernschlag dabei, auch auf die Gefahr hin, dass er den Albtraum nicht mehr loswerden würde – Zeuge, bis zum Aufprall Zeuge.

Die zerschmetterte Leiche lag inmitten eines reglosen Menschenrings, der auf das Zerfließen der verrenkten Reste starrte. Einige begannen zu schluchzen, es dauerte eine Ewigkeit, bis sich endlich ein junger Kerl mit Rastamähne aufmachte, die Leiche des alten weißen Mannes mit seiner Armyjacke zu bedecken. Tom wollte der Tragödie, die sich dort oben gerade abgespielt haben mochte, auf den Grund gehen – der Geschichte vor dem Fenstersturz.

Ein alter Reflex aus Neugier und Erzähltrieb, der den nüchternen Vorgaben seines Jobs, der ohne sentimentalen Aufwand auskommen musste, geschuldet war. Ein unseliges Gift, das er nie ganz an sich heranlassen wollte, obwohl es tausend Gelegenheiten gegeben hätte, sein Herz unempfindlich zu machen. Er hatte schon viele Leichen gesehen, Zivilisten, Soldaten, Terroristen, Frauen, Kinder, Säuglinge. Etwas rührte ihn diesmal bis ins Mark. Er wollte weg von hier. Während sich die gaffende Hundertschaft wieder zur Warteschlange vor dem Lift formierte, machte sich Tom auf, übers Stiegenhaus bis in den fünfzehnten Stock zu stapfen. Er wollte allein sein, sich bewegen, etwas Zielgerichtetes tun. Treppensteigen, Stufe um Stufe, Griff um Griff, fünfzehn Stockwerke, zwei Stiegeneinheiten pro Stock, zweihundertvierzig Stufen hatte er berechnet. Er wollte sich wehtun, seiner Lunge, seinem Herzen, seinen Muskeln, seinem Blutdruck, das System auf Touren treiben, um das Aufblitzen der Erinnerung zu löschen. Aber der Moment des Aufpralls, die letzte Lebenssekunde, lief als Endlosschleife vor seinen Augen ab. Im fünften Stock machte er kurz halt, um seine Lungen zu füllen, blickte dabei durch einen schmalen Fensterschacht nach unten. Ein Ambulanzauto bewegte sich langsam durch die Wartenden, um den Tod zu entsorgen. Der Jamaika-Mann warf seine Armyjacke über die Schulter und verschwand in der Menge.

Tom hörte nur den Widerklang seiner eigenen Schritte und das Gepolter des Lifts, der alle paar Stockwerke stehen blieb und wieder losfuhr. Wie geh ich's nur an? Was sage ich der alten Dame? War's überhaupt eine alte Dame? Ein Teil von ihm wollte wieder umkehren, er verlor von Stufe zu Stufe das Vertrauen in sein Vorhaben. Guten Tag, Mrs. ..., ich bin gerade vorbeigekommen und habe das Schreckliche gesehen, ich bin Journalist und würde gerne ein paar Worte mit Ihnen ... das klappte nicht, nein, er war sich schnell im Klaren, dass er sich tunlichst bedeckt halten sollte, was seinen Beruf anging. Ein story-geiler Reporter wäre das Letzte, was dieser verzweifelten Person jetzt Trost spenden konnte. Im zehnten Stock hielt er wieder kurz inne, der Schweiß rann ihm in allen Körperfalten zusammen. Von den Brauen und der Stirnsträhne tropfte es ihm salzig in die Augen. Er musste sich im vierzehnten Stock notdürftig zurechtmachen, um nicht wie ein geschlauchter Kranker vor ihr zu stehen. Als er endlich oben ankam, empfing ihn überraschenderweise Stille, kein Menschenauflauf, die Tür der offensichtlich betroffenen Wohnung stand offen, sperrangelweit. »Leonard & Martha Gleeson« stand auf einem verwitterten Schild am Türrahmen. Ein junges Mädchen in Tanktop und zerfransten Hotpants, vielleicht siebzehn oder achtzehn Jahre alt, hockte, an die Wand gelehnt, neben der Tür, ihre Arme um die angezogenen Beine geschlungen, ihr Kinn auf die Knie gestützt. Durch zwei schwarze Haarsträhnen fixierte ihn ein dunkles, sanftes Augenpaar.

»Verzeihen Sie, ist das … die Wohnung?«

Sie nickte. »Sind Sie ein Verwandter?«

»Nein … ich dachte nur …« Er sah sich um, es war noch keiner hochgekommen, weder mit dem Lift noch übers Stiegenhaus.

»*Was* dachten Sie?«, fragte sie. Ihr Kinn hielt sie dabei noch immer zwischen die Knie geklemmt. Nur ihre Augen bewegten sich.

»… ich dachte, vielleicht … kann man helfen … ich hab gesehen, was passiert ist.«

»… und da sind Sie bis hier hochgeklettert?«

Er nickte keuchend. Sie stand auf.

»Die ganzen fünfzehn Stockwerke … Mann.«

»Der Lift ist ja dauerbesetzt«, sagte er.

»Allerdings … der Concierge ist ein scharfer Hund … nur zwei pro Fahrt. Die Gleesons hatten große Probleme deshalb, sie sind krank, haben Husten und Fieber … er ja nicht mehr.«

»Nein, er ist tot«, sagte Tom. Sie nickte und begann zu schluchzen.

»Ich habe sie schreien gehört und wollte … aber es war schon zu spät …«

»Wie geht es ihr?«, fragte er. Sie zuckte mit der Schulter.

»Sie steht am Fenster … schaut in den Himmel … keine Ahnung, Mann.«

Tom hielt ihr ein Taschentuch hin. »Ich heiße Tom.«

»Ich bin Lucy … danke.«

Sie schnäuzte sich gründlich und begann zu reden. Sie wohnte bei den Gleesons in Untermiete, im ehemaligen Kinderzimmer, ihre einzige Tochter war früh verstorben … Leonard und Martha Gleeson waren pensionierte Highschool-Lehrer, die ihr das Zimmer zu einer sporadischen Miete überließen, wenn sie zwischendurch Krankenschwester für sie spielte, Medikamente holte, Arzttermine organisierte, einkaufen ginge, solche Sachen.

Während des Lockdowns hatte Lucy einen ihrer Jobs verloren, sie war untertags Kellnerin im *Café Grumpy* in der 28th gewesen – jetzt half sie nur noch am Abend im *Drunken Horse*, einer kleinen Bar in der 10th, aus. Sie machte einen sehr erwachsenen Eindruck, überlegt und abgeklärt, trotz ihrer jugendlichen Aufmachung und der üppigen Tränen. In ihrem Outfit hätte sie wie gegossen hinter die Theke jeder Nachtbar gepasst. Eine Mischung aus Unschuld und

Souveränität, die ihren Sex-Appeal eher selbstvergessen trug, wie ein Sommerkleidchen, das ihr zufällig in die Hände gefallen war.

Tom stand nun im Türrahmen, Lucy neben ihm. In der Reflexion des Garderobenspiegels sahen sie den Schatten der Witwe, vorne am Fenster, aus dem ihr Mann gesprungen war.

»Was denken Sie ... soll ich?«

Sie nickte. »Sie ist ein großzügiger Mensch«, sagte sie leise.

11

Inzwischen war auch Amy in Poughkeepsie wieder auf den Beinen. Vielleicht kreisten für eine Weile sogar hoffnungsfrohe Ahnungen in ihrem Kopf, denn es lag ein Teststäbchen auf ihrem Schreibtisch – mit negativem Ergebnis allerdings, wie bisher. Aber woher die Ahnung, die hoffnungsfrohe? Amy lebte seit Wochen in einer Zwischenwelt, stolperte durch die kleinen Unebenheiten ihrer Ehe, wie entkoppelt und ohne Halt, und die engmaschigen Testungen hatten inzwischen hysterische Ausmaße angenommen. Sie hatte eine zusätzliche Telefonliste mit Gynäkologen erstellt, dabei waren bisher keine Anzeichen eines blockierten oder beschädigten Eileiters und auch keine besonderen Einschränkungen bei Toms Samenzellen festgestellt worden, was zur Folge hatte, dass sie sich auf medizinische Studien stürzte, die sich mit psychosozialen Ursachen für eingeschränkte Fruchtbarkeit befassten. Aber grandiose Erkenntnisse ließen sich auch daraus nicht ziehen. »Depressive Anfälligkeit und höhere Ängstlichkeit bei Frauen beziehungsweise arbeitsbedingte Stressbelastung bei Männern«, die Einfluss auf das Spermiogramm haben könnten – das klang eher banal und nicht nach der Weisheit letztem Schluss. Am Ende aber, und damit nahm ihre Geschichte Fahrt auf, versteifte sie sich doch auf den Verdacht, Tom könnte das Problem sein.

Deshalb gestand sie sich in ihrer Situation eine gewisse Radikalität zu, die nächste Stufe, und sie kam zur Schlussfolgerung, dass vielleicht schamlose Hingabe, ganz ohne Fixierung, ein gangbarer Weg sein könnte. Sich fallen lassen, reuelos, und ja, sie hatte instinktiv schon mit wohlbedachtem Kalkül neue Türen in ihrem Kopf geöffnet, nicht in ihrem Herzen. Sie war bereit zu Verzweiflungstaten, weigerte sich aber gleichzeitig, das Vorhaben zu Ende zu denken. Dieses Leben ist das einzige, die zweite Chance gibt es nicht, die gibt es nicht. Das Vollstrecker-Gen hatte die Zügel übernommen. Sie wollte ein Kind und die Zeit rann aus, so viel war klar – die Zeit rann aus.

Das »von wem auch immer« hatte erst in letzter Zeit ihren Verstand gestreift. Bevor sie den gefährlichen Satz wegwischte wie eine lästige Fliege, blieb ihre Sehnsucht noch hartnäckig. Den Rest würde man eben verhandeln müssen, so weit war sie schon, denn eines war gewiss: Den Luxus eines schlechten Gewissens sollte man sich nicht leisten, sagte ihre Verzweiflung, es könnte ja den Eileiter verstopfen – gleichzeitig wünschte sie sich in eine rosa Zeit zurück, weit zurück, als man noch für nichts zur Rechenschaft gezogen wurde. Sie bog sich sogar vorsorglich Rimbauds Vermächtnis – revolutionär, grotesk und Sprengmeister aller vorgegebenen Muster sein zu dürfen – als Schutzschild zurecht, in Erwartung von Toms Einspruch. Ihre Verwirrung war vollkommen.

Sie stand vor dem körperhohen Badezimmerspiegel, mit einem vollen Glas Rotwein in der Hand, drehte sich in ihrem roten Kostüm, wie ein Teenager, der sich zu Ferienbeginn auf endlose Sommertage freut, und war zufrieden mit sich. Sie hatte an Hüfte und Hintern etwas zugelegt, so wie es eigentlich Tom gefiel. Schon bei der ersten Begegnung in der Mondnacht von North Conway war er dem Reiz ihrer Anmut erlegen. Ihr Großvater hatte immer gesagt, sie sei sich der Wirkung ihrer Erscheinung so bewusst wie die Chase Manhattan Bank.

Ihre hellblauen Augen fielen erst durch die schwarzen Wimpern und Brauen aus dem Rahmen, wie eine Kostbarkeit, an der mit Bedacht gebastelt worden war. Sie flirtete selbstbewusst den Spiegel an, und wie sie sich so wiegte im Einklang mit ihrem

Ziel, wie ein munteres Vögelchen, namenlos, fiel ihr ausgerechnet ein passendes Rimbaud-Wort in den Mund: »Ich tanzte leichter als ein Stöpsel auf der Flut.« Wie eine Schutzbehauptung vor Toms Gegenangriff, der noch in der Zukunft lag, klang das. Ist doch von deinem Rimbaud, Tom. Lass mich bitte leicht sein, Liebster. Sie musste kichern. Dann hielt sie inne, schon ziemlich beschwipst, und sagte aus tiefster Seele zu ihrem Spiegelbild: »Ich liebe dich, Tom ... das weißt du doch.«

III

Es stand zu erwarten, dass die Witwe am Fenster in ihrem jetzigen Zustand nicht sehr zugänglich sein würde. Tom verharrte schon eine ganze Weile hinter ihr, ohne ein Wort zu wagen. Besser Schweigen als heiße Luft. Die alte Dame stand fest wie eine Säule, eine hochgewachsene, gertenschlanke Person, alle paar Sekunden von einem trockenen Husten gebeutelt. Der Wind fuhr ihr ins Haar, das Fenster stand noch offen. Als Tom nähertrat, drehte sie ihren Kopf in seine Richtung.

»Haben Sie eine Gesichtsmaske? Ich bin krank«, sagte sie. Tom fixierte gehorsam seine Maske im Gesicht. An der Wand lehnten zwei kleine gepackte Koffer, als hätte man hier, im stillen Einverständnis, für alle Fälle vorgesorgt. Bevor sie den einen, den ihren, nehmen wollte, verstellte ihr Lucy den Weg und fiel ihr um den Hals, obwohl sie sich zu wehren versuchte.

»Vorsicht, mein Kind … das Ding ist überall.« Lucy

schluchzte in ihren Busen und ließ sie nicht mehr los, so lange, bis draußen die Lifttür ging.

Kurze Zeit später saß Tom mit Mrs. Gleeson in einem Uber, auf dem Weg zum Mount Sinai Hospital in der Madison Avenue, jeder in seine Ecke im Fond geklemmt, auf Abstand bedacht und mit Maske. Ihr weißes Haar hatte sie nun straff an den Kopf gelegt und hinten zu einem Knoten gebunden. Sie drehte sich zu Tom, sah ihm zum ersten Mal länger in die Augen, bedankte sich mit einem Nicken. In ihrem Blick sah er nicht nur Trauer um ihren Mann, sondern auch Wut über das Scheitern des gemeinsamen Abschieds.

»Sie verzeihen … auf diesem Zettel finden Sie alle wichtigen Adressen und Telefonnummern, ich bin Ihnen sehr zu Dank verpflichtet. Sie wissen … Begräbnisse, Versicherungsverträge, Pension, Miete und so weiter. Ich wollte ihn eigentlich Lucy übergeben, sie weiß ja über alles Bescheid … aber sie war … so aufgelöst.«

»Begräbnisse« hatte sie gesagt, Plural, als hätte sie ihr eigenes schon zeitnah eingerechnet, und überhaupt schien alles, was ein Tod an Aufwand und Formalitäten nach sich zieht, längst vorausbedacht, sie klang sehr nüchtern und reichte ihm ein gefaltetes Papier mit gestochen scharf geschriebenen Anweisungen.

»Gut. Ich werde alles gerne erledigen und werde in Erfahrung bringen, in welches Leichenhaus man Ihren ...«

Sie unterbrach ihn harsch. »Sie sind überaus freundlich ... überaus ...« Ihre Hände nahmen mit einer beherrschten Langsamkeit die Maske ab, als wäre sie nicht mehr wirklich im Fluss der Gegenwart, dann presste sie die Lippen aufeinander und ließ ihren Tränen freien Lauf. Aber es war kein schluchzendes Weinen, es war stumm, eine verzögerte Reaktion, die in stiller Mechanik ablief. Tom hatte von Lucy erfahren, dass die beiden über vierzig Jahre verheiratet gewesen waren und beide englische Literatur und Mathematik unterrichtet hatten. Beide. Ein Liebespaar, das durchgehalten hatte, in einem von beiden gleichermaßen bestellten Territorium. Diesen Kreis hätte auch Tom mit seiner Amy gerne geschlossen, eines Tages.

Mrs. Gleeson versuchte Haltung zu bewahren, ballte ihre Fäuste im Schoß, versammelte Energie, als säße sie im Zeugenstand.

»Sie müssen wissen ... wir wollten es gemeinsam tun.« Mit fester Stimme sagte sie das. »Aber am Ende hat mich der Mut verlassen ...«

Tom konnte seinen Blick nicht von ihrem Gesicht wenden, sie wirkte souverän, in gewisser Weise fast trotzig und kühn, trotz ihrer Erschöpfung.

»Lenny war immer schon der Konsequentere von uns beiden«, sagte sie. Dann eine lange Pause.

»Hat er damals, an 9/11 … die Menschen aus dem World Trade Center springen sehen?« Die Frage war Tom entgegen seiner Absicht herausgerutscht, er hielt den Atem an.

»Ich weiß, was Sie meinen«, sagte sie ruhig und lächelte durch die Tränen. »Ja, das hat er … das hat er …«

Sie sprach mit ihm, als wäre er ein Seelenverwandter, ein alter Bekannter, hielt ihn offenbar für würdig genug, ihm auch persönlichste Dinge anzuvertrauen, was ihn durchaus verlegen machte. Berufsbedingt hatten sie wohl beide mit sehr vielen Menschen zu tun gehabt und deshalb eine geschulte Form der Wahrnehmung entwickelt, die ihnen ohne großen Umweg Türen zu einem Charakter öffnen konnte. Wahrscheinlich fühlt sie, dass es bald zu Ende geht, dachte er, und sie wollte das Angebot nicht ausschlagen, seine freundliche Offenheit in ihr verlöschendes Leben zu lassen, wie einen letzten Haltegriff. Was vor ihr lag, war unwandelbar, das konnte er in ihren Augen lesen, sie hatte den einen Zug verpasst, den man gemeinsam gebucht hatte, und stand jetzt ganz vorne am Bahnsteig, konzentriert und in gefasster Erwartung.

Sie hüstelte, griff sich an die Brust, ihr Kopf glühte und das Atmen fiel ihr schwer. »Luft kommt wie durch ein verstopftes Sieb in meine Lungen«, so hatte sie sich ausgedrückt, »es ist wie Ertrinken, macht Platzangst.« Sie war nicht mehr gewillt, diesen Berg zu meistern, jeden Tag, jeden Tag aufs Neue. Wer in diesem Turm die Wohnung verlassen wollte, um Besorgungen in der Stadt zu machen, musste mit mehreren Stunden rechnen, bis alles erledigt war. Seit die neuen Abstandsregeln für Aufzüge in Kraft getreten waren, hatten sie schwere Tage zu überstehen gehabt, wichtige Medikamente waren plötzlich nicht mehr zu bekommen, Telefone von Privatärzten und Spitälern überlastet, sie hatten das Virus in sich, beide, die klassischen Symptome, und Lennys Asthma wäre nicht mehr unter Kontrolle zu bringen gewesen.

»Wissen Sie … ich bin achtzig Jahre alt, ich falle unter – wie heißt das? Triage?«

Wie ein Schmähruf kam ihr dieses Wort aus dem Mund und sie wiederholte es mit einem verächtlichen Seufzer.

»Das wollten wir uns ersparen. Er hat's geschafft.«

Mrs. Gleeson saß steif und aufrecht, nicht ans Fenster gelehnt. Vereinzelt rannen Tränen durch die Furchen ihres schmalen Gesichts, was allerdings ihrer Resolutheit keinen Abbruch tat, sie machte noch immer den Eindruck, als könnte sie alles in ihrem Leben mit entschlossenem Eifer anpacken, selbst ihren eigenen Abgang. Wie viel Neugier und Entdeckersehnsucht sie einst wohl getrieben hatte, als noch alle Kraft in ihr war? Jetzt ging es nur noch um ihre Würde, bevor der Vorhang fiel.

Am Autofenster zogen die Auswüchse der lautlosen Welt vorbei – leere Straßen, leere Schulen, leere Kirchen, selbst der Himmel war leer, keine Flieger mehr, geheiligte Stätten wie die St.-John-Kathedrale oder die Tenniscourts von Flushing Meadows waren inzwischen zu Lazaretten mutiert.

Als sie vor der Klinik ankamen, empfing sie hektisches Treiben. Dutzende Helfer wieselten vor dem Haupteingang durch die Menge der Wartenden, Bahren tragende Pfleger in Schutzanzügen, vermummte Ärzte, Schwestern, Reporter und Kamerateams, auf der Suche nach Geschichten, Ärztetränen und Sterbenden. Links und rechts des Eingangs standen Behelfszelte, wie neuerdings im Central Park, daneben riesige Kühllaster, in die in weißes Plastik gepackte Leichen geschoben wurden, während öffentliche Busse durch die Szene schlichen, die Fenster verklebt mit Gaffenden, die die Toten zählten.

Es gelang Tom schnell, einen frei stehenden Rollstuhl zu ergattern und seine Patientin durch das

Chaos zur Anmeldung zu manövrieren. Ihr Zustand hatte sich, sobald sie im Rollstuhl saß, verschlechtert, als wähnte sie das Schlimmste hinter sich und könnte nun loslassen. Ein Arzt an der Rezeption erkannte rasch ihren Zustand, hielt Tom ein Stirnthermometer ins Gesicht und bat ihn, nachdem er ihn fieberfrei wusste, das Gepäck der Dame in den ersten Stock zu tragen. Die Lifte waren für Personal und Patienten reserviert.

»Keine Triage ... sehen Sie«, flüsterte er ihr ins Ohr.

»Gut versichert«, gab sie zurück.

Ein endlos langer Korridor, kreuz und quer zugestellt mit Betten. Einige Patienten hockten auf dem blanken Linoleumboden, viele von ihnen Afroamerikaner oder Latinos, von Abstandsregeln keine Spur mehr, maulende Ärzte und verzweifelte Krankenschwestern, die sich über fehlende Schutzbekleidung und nicht vorhandene Beatmungsgeräte beklagten. Aber Mrs. Gleeson sollte recht behalten, ein freies Gangbett war noch zu haben, ihre Versicherungspolice hatte für einen Rest von Würde gesorgt. Tom blieb noch eine Weile bei ihr, legte seine Hand aufs Bettgestell, um Verbindung zu halten.

»Kann ich noch was für Sie tun?« Sie schüttelte den Kopf, besann sich dann aber schnell.

»Ach ja ... meine Bücher ... die Bücher«, stöhnte sie und richtete sich auf. »Hab sie vergessen.«

»Ich könnte gerne, wenn Sie möchten ...«

»Den Byron wenigstens ... ja«, unterbrach sie ihn. »Den hätte ich gerne bei mir, er liegt unter meinem Kopfpolster im Schlafzimmer. Lesen werde ich nicht mehr, aber er tut mir gut.«

»*Lord* Byron?«

Sie nickte und ließ sich erschöpft ins Kissen fallen, fuhr sich mit der Hand über Stirn und Haare, schloss die Augen und hauchte nicht ohne Ironie: »Ach ... der Reiz ist hin, der Zauber bricht«, dann öffnete sie die Augen, sah ihn lächelnd an, ohne Erwartungen.

Sein Gedächtnis zögerte kurz, stieg aber noch rechtzeitig ein: »So ist des Lebens wildes Fieber ...«

Nein, das hatte sie nicht erwartet. Nicht hier, nicht jetzt, nicht von ihm. Dass Tom den korrekten Folgevers eines Byron-Gedichts zitieren konnte, schien ihr ein Stück Einsamkeit zu nehmen, zwei fremde Seelen im Einverständnis – sie griff kurz nach seiner Hand, die noch das Bettgestell umfasste, drückte sie zweimal, kniff dabei die Augen zusammen, und er glaubte einen Hauch der Vertrautheit zu fühlen, die zwischen ihr und Lenny geherrscht haben mochte.

»Würden Sie das für mich ...?« Er nickte, tätschelte

ihre Hand und wollte gehen. Sie griff schnell nach seinem Sakko, hielt ihn zurück.

»Und für Lenny ... den Stevenson ... er würde ihn ... auch ...« Der Rest kam nicht mehr. Dann schlief sie ein.

Der Weg hinaus war ein Hindernislauf durch ein Nadelöhr, machte ihn benommen, obwohl ihm solche Szenarien von Berufs wegen nicht fremd waren. Früher hätte er den Patienten hier in die Augen gesehen, Details notiert, hinterfragt, fotografiert und gefilmt, er hatte sein halbes Leben damit verbracht, wildfremde Menschen, Opfer, Helfer oder Täter, auf ihre Geschichten abzuklopfen, aber erst als er am Ende des Korridors anlangte, wurde ihm klar, dass seine Benommenheit vor allem von der Strahlung dieser alten Dame herrührte, die ihren Mann und Byron liebte. Die Geräusche entfernten sich, die Gesichter verschwammen, das Ausblenden war keine Absicht, eher ein Aussetzen seiner Sinne. Wie ein Exilant hatte er alles andere hinter sich gelassen.

Kurz bevor er das Stiegenhaus betrat, riss ihn ein blitzendes Messingschild in die Realität zurück – ein kleines Namensschild auf einer Flügeltür: »Abteilung Pneumologie – Dr. Andrea Falcone«. Falcone mit »e« am Ende, also italienisch, Amy hatte den Namen fälschlicherweise (oder absichtlich?) amerikanisiert, mit »y« geschrieben, mit anderen Worten:

Andrea, ein Männername, und kein Gynäkologe, sondern Lungenfacharzt. Zwei Rufzeichen.

Als Tom endlich im Freien stand, lag die Madison wieder menschenleer, er war aus der Zeit gefallen, und als er zum Himmel hochsah, den die späte Nachmittagssonne glutrot färbte, als wüsste sie Bescheid, griff ihm eine Bitterkeit ans Herz, die ihn ratlos machte.

IV

Tom ahnte nicht, wie weit sich Amys Fantasie schon hinausgewagt hatte. Er glaubte, sie zu kennen, wusste aber andererseits, dass es in jedem Leben Augenblicke gibt, in denen ein Mensch, in die Enge getrieben, plötzlich gezwungen ist, seinen innersten, verborgensten Seelengrund zu enthüllen, egal, ob er es will oder nicht, es geschieht einfach, weil die Wahrheit sich Platz schafft, ohne Rücksicht, weil sie erlöst werden will vom Schweigen. Irgendeiner seiner Dämonen versuchte hartnäckig, einem Geheimnis auf die Spur zu kommen, und der Zwiespalt quälte ihn, war er doch überzeugt, dass es in ihrer beider Leben keine Geheimnisse mehr gab, sie hatten längst alles auf den Tisch gelegt und alle Ecken durchlüftet, weil sie wussten, wie wichtig es war, ihre Archive zu ordnen. Durch zahllose Gespräche über die Jahre waren sie sich näher und näher gekommen und glaubten, alle Sünden und Schwächen der Vergangenheit besprochen zu haben. Sie kannten alle

Tonarten ihrer Sprache, die kleinen Gesten, die Nuancen ihres Ausdrucks, sie verstanden sich, auch ohne Worte. Natürlich hielten es beide für vermessen zu behaupten, ihre Seelen bis auf den Grund zu kennen, aber nach so vielen Jahren schien der Glaube an den Kern des anderen gefestigt, an das, was der Charakter der Seele diktierte, wenn sie sprach, und sie waren in nächtelangen Disputen oft genug am Grund ihrer Weltsichten gelandet und hatten dort Übereinstimmung gefunden, was zwischen Europäern und Amerikanern auch einer gewissen Kulturleistung gleichkam, davon waren beide überzeugt. Das hatte schließlich die Ruhe in ihre Liebe gebracht – so hatte es Tom gesehen.

Und doch.

Und doch ließ er sich von dem einen, dem Hartnäckigen, leiten, der seine Schritte zum Times Square führte, direkt zum Büro der Hertz-Autovermietung in der 43th. Es war die einzige Rent-a-car-Company, die noch Geschäftszeiten anbot, alle anderen, auch die Büros der Konkurrenz, hatten geschlossen. Er wählte mit Absicht ein kleineres, unauffälliges Modell, einen alten Honda in Schwarz, und hatte eigentlich geplant, direkt zur Gleeson-Wohnung zu fahren, um die Bücher zu holen, aber er landete unbewusst und geradewegs in der 20th, parkte am Straßenrand, etwa hundert Meter vor dem Eingang zu Amys Anwaltskanzlei. So fühlt sich das also an, wenn einer nicht bei Sinnen ist, dachte er. Die Nerven handeln einfach selbstständig, wie bei einem geköpften Huhn, das hysterisch durch die Gegend flattert. Eine sterbende alte Dame wartete auf ihn und ihre Bücher, und er war hinter seiner Amy her, die von seiner Absicht keine Ahnung hatte … doppelt gebeuteltes Gewissen. Er hatte sich schon beim Ausfüllen des Hertz-Formulars verschrieben und benahm sich auch im Fahrzeug ungeschickt wie ein Anfänger. Es dauerte eine Zeit, bis er die elektronischen Befehle für Außenspiegel, Fahrersitz, Licht und so weiter auf die Reihe brachte.

Flimmern vor den Augen, als hätte er eine Sehstörung. Beim Ausrichten des Rückspiegels blickte er kurz in seine Augen und erschrak. Was zur Hölle machst du da? Aber der Hartnäckige war stärker und fuhr noch fünfzig Meter näher heran. Da erst sah er Amys grünen Volvo stehen, eingeparkt zwischen zwei SUVs. Sie hätte ihre Büroarbeiten auch von Poughkeepsie aus erledigen können, die meisten ihrer Kollegen hatten längst auf Homeoffice umgestellt. Aber sie war da. Selbst diese harmlose Tatsache empfand der Hartnäckige als Verdachtsmoment. Tom wollte aus seiner Haut, er hasste, was er tat, aber er war schon zu weit gegangen, konnte nicht mehr zurück. Eine halbe Stunde lang saß er da, eingeklemmt zwischen Neugier, Scham und Mrs. Gleeson, und spielte im Kopf alle denkmöglichen Szenarien durch, die ihn eines wie das andere quälten. Er versuchte sich vorzustellen, wie er und Amy eines Tages getrennte Leben führen würden und wie sie sich zufällig in der Stadt träfen, jeder mit einem anderen Partner an der Hand, und wie sich der Schmerz anfühlen würde oder ob überhaupt noch Schmerz zu fühlen wäre, ob sich die Paare nur ein vermeintliches Glück vorspielten oder wahrhaftiges stattfände, und er dachte an die Sisyphusarbeit, noch einmal eine Frau zu suchen und zu finden, die sich mit seiner Amy messen konnte, er sah sogar die Augen des Scheidungsrichters, der sie mit leerem Blick ansah, seiner Arbeit und aller Geschichten müde. Dann sah er sich als alten Mann auf einer Bank im Central Park sitzen, oder doch besser in Pötzleinsdorf am Ententeich im Schlosspark? Das Leben schon hinter sich und all die dummen Entscheidungen, die er getroffen hatte, und vor sich eine Wurzel, die zum Anstarren da war. Ekel und Sartre saßen neben ihm. Er kam sich so lächerlich vor, dass ihm schlecht wurde vor Selbstmitleid.

Gerade als seine Augen feucht zu werden begannen, traten Leute aus der Eingangstür der Kanzlei. Drei Herren und zwei Damen, eine davon Amy, in rotem Kostüm, weißer Bluse, geschäftsmäßig chic und selbstbewusst wie immer. Tom meinte eine angespannte Förmlichkeit auszumachen, Kollegen, vielleicht auch Vorgesetzte, zwei davon waren ihm persönlich bekannt, der dritte war neu, man verabschiedete sich, tauschte noch Freundlichkeiten aus, nichts Intimes, keine Heimlichkeiten offenbar, Reflexe des guten Benehmens, nichts weiter. Sie strich gedankenverloren um ihr grünes Auto, suchte umständlich nach dem Schlüssel, während die anderen geschäftig von der Bildfläche verschwanden. Bevor sie in ihr Auto stieg, erreichte sie ein Anruf, sie kramte ihr Handy aus der Tasche, hörte eine Weile zu und begann dann zu sprechen, wobei sie sich nach allen Seiten hin drehte und wendete, als ahnte sie, dass der Anrufer ganz in der Nähe sein musste und sich innerhalb ihrer 360 Grad aufhielt. Sie sprach freundlich und charmant, wobei sie mit den Händen gestikulierte, vier Fingerkuppen auf den Daumen gepresst, und dabei kicherte und wieder gestikulierte, als wäre sie nicht Amy. Dann beendete sie das Gespräch abrupt. Tom wunderte sich über ihre ungewohnten Gesten und ihre fröhliche Ausgelassenheit, auch wenn sie nur gespielt gewesen sein sollte. Nachdem sie ihr Handy verstaut hatte, wurde ihr Gesicht wieder ernst. Sie blickte sich nochmals um, bevor sie einstieg, er sank rechtzeitig in seinem Sitz zusammen, aber ihr suchender Blick galt wohl dem Anrufer, den sie noch immer in der Nähe wähnte. Dann stieg sie ein und fuhr los. Er folgte ihr, mit Abstand und einem Hoodie über dem Kopf. Dabei kam er sich vor wie einer dieser halbseidenen Detektive, die täglich dreckige Spitzeljobs zu erledigen haben, um ihren Kühlschrank zu füllen. Was würde sie bloß denken, wenn sie wüsste … Ohne Vertrauen kann man doch nicht leben, dachte er, nur vegetieren.

Aber er blieb an ihr dran, mit Respektabstand. Sie fuhr zügig, noch schneller, als er es von ihr gewohnt war. Es war gespenstisch. Soweit er sehen konnte, waren sie die beiden einzigen Fahrzeuge auf der Straße. *Er* war das Gespenst, das hier umherirrte wie eine unerlöste Seele, es war so lächerlich. Sie war die Wirklichkeit, ging ihrer Arbeit nach, bewegte sich von A nach B, hatte einen Plan. Er fuhr nur planlos hinterdrein, bespitzelte seine eigene Frau.

Das Herz klopfte ihm bis zum Hals, denn der Hartnäckige erwartete den schlimmsten Fall – sie würde nach ein paar Blocks rechts beidrehen und in einer Tiefgarage verschwinden und Tom würde vergeblich auf ihre Rückkehr warten. Amy verschluckt, keine Antworten, nur seine grausame Fantasie, die ihm dann alles aufbinden könnte, wirklich alles.

Amy bog ab, nach links, so abrupt, dass er ihr fast in die Stoßstange gekracht wäre. Was war das?

Wollte sie ihn abschütteln? Sie konnte ihn doch unmöglich erkannt haben. Unmöglich. Er fuhr sicherheitshalber geradeaus weiter, um keinen Verdacht zu erwecken. Im Rückspiegel sah er sie nach links verschwinden. Er war so verstört, dass er zwei Ampelkreuzungen bei Rot überrollte, ohne es wahrzunehmen, gefahrlos allerdings, denn keiner war da, weit und breit kein Auto. Dann fuhr er an den Straßenrand, parkte kurz, um sich zu erholen. Er wischte sich Schweißperlen von der Stirn und versuchte den Blick in den Rückspiegel zu vermeiden.

Schließlich entschloss er sich zu einem verbotenen U-Turn und bog in dieselbe Straße ein, in der Amy verschwunden war, dabei rollte er im Schritttempo, um ja kein abgestelltes Auto oder eine Einfahrt zu verpassen. Und tatsächlich – da stand er wieder, der grüne Volvo. Ohne Amy. Er fuhr an ihm vorbei und noch ein Stück weiter, stellte den Honda in einer Seitenstraße ab und ging zu Fuß den Weg zurück, dabei hielt er sich ganz am Rande, um im Fall der Fälle gleich abtauchen zu können, so sich eine Möglichkeit bot. Der Volvo stand direkt vor einem massiven neugotischen Steinbau mit Turm, umrahmt von Bäumen und einem gusseisernen Gitterzaun – »Die Episkopalkirche St. Peter's heißt dich willkommen« stand auf einem Empfangsschild. Das Gittertor war nur angelehnt, also schlich er in Richtung des karmesinroten Hauptportals und begriff in dem Moment, dass er ohne jede Deckung war und in schändlichen Erklärungsnotstand geriete, sollte Amy gerade zur Tür herauskommen (vorausgesetzt sie wäre da drin). Außerdem bestand die Gefahr, sich durch eine quietschende Türangel oder einen Lichtkegel zu verraten, der durch das Öffnen des Portals ins Kirchenschiff fallen würde, also huschte er mit ein paar ungelenken Sätzen zu einem der Nebenportale. Von Sprung zu Sprung wurde ihm klarer, welch jämmerliche Figur er abgab als Detektiv – von allem anderen ganz zu schweigen.

Die Tür war glücklicherweise wohlgewartet, gut geölt, gab keinen Ton von sich. Er trat ein, ohne einen Lichtreflex oder ein Geräusch zu verursachen, und sah sie sofort. Ganz vorne saß sie, mutterseelenallein, direkt vor der Kanzel, die vor einem großen Flügel thronte. Er verkroch sich in einer der seitlichen Betbänke und verharrte still und aufrecht wie die Kerzenflammen um ihn. Kein Geräusch, kein Luftzug störte die Stille. Nicht einmal ein kleiner Vogel hatte sich ins große Schiff verflogen. Die einzigen Anwesenden: das Ehepaar Maas. Er schämte sich zutiefst und hätte sich am liebsten vergraben vor der ganzen Welt. Mach nur weiter so, bis dir der Teufel ins Gebet spuckt. Amy hatte sich ein paar harmlose Ruheminuten in einem leeren Gotteshaus gegönnt, das war alles, eine alte Gewohnheit übrigens, von der er schon lange wusste. Aufrecht saß sie, und konzentriert, als führte sie Zwiesprache, vielleicht wälzte auch sie die Gretchenfrage – prächtige Bauten und Düfte machen es leichter, an die Transzendenz zu glauben, und wie schön wäre es, sie zu finden – ein schmales Spältchen dieser Tür hatte sie sich stets offen gelassen. Eigentlich war sie ja keine Kirchgängerin, aber sie ließ sich gerne fangen von sakralen Energien, auch wenn sie nur Einbildung sein sollten. Versinken war das Ziel, wie ein Stein zum Meeresgrund.

Oft genug hatten sie sich auch gemeinsam in leere Kirchen geschlichen, vor allem zur Weihnachtszeit, um in reisigduftender Andacht über Leben und Tod zu reden.

Das Stichwort, oh Gott: Mrs. Gleeson, die Bücher, sein Versprechen. Er spürte seinen Puls an der Schläfe. Verzeih mir, Amy, sagte er tonlos und schickte ihr einen Kuss in den Rücken. Gutes Mädchen. Alles gut. Verzeih.

Dann schlich er sich hinaus, ließ sie allein und fuhr, fast schon beruhigt, zur Gleeson-Wohnung. Zu Lucy.

V

»Talk to me, baby, tell me lies, tell me lies as sweet as apple pie …« Sinatras Bariton stieg hoch in die schwüle Luft, der Fahrtwind riss an Amys Haar, ein fliegender Backfisch auf dem Weg zum Rendezvous – aber so war's ja nicht, es war der Rotwein, der die Szene vernebelte wie ein Kamerafilter, der sanfte Trübnis über die Welt zog, um sie erträglicher zu machen.

»Tell me I'm marvelous, exaggerate!«, sang die Frau im Rückspiegel mundsynchron mit Blue Eye – sie liebte den mafiösen Charme seiner Stimme und ließ sich auf den Arm nehmen wie ein Schoßhündchen. Die laue Brise kroch ihr durchs offene Autodach ins Dekolleté und bis unter den Rock, ließ sie schneller fahren, viel zu schnell. Zwischendurch ein verschämter Blick aufs Handy, das am Beifahrersitz lag, stumm. Tom würde in seiner Arbeit stecken, sie wusste, wie konsequent er war, wenn er einen Lauf hatte und die Geschichten vor ihm lagen, aufgereiht wie Kettenglieder. Sie hielt ihn für einen gewandten

Schreiber, er brauchte sie nur hinzufitzeln, hinzukritzeln und die Arbeit war getan. Abgehakt.

Aber damit waren die Geschichten – und das war neu – noch nicht zu Ende für ihn. Das Abhaken klappte nicht mehr, das hatte auch Amy mit Sorge festgestellt. Seit dieser Stillstand über sie gekommen war, wie ein Versprechen oder eine Drohung, kamen die Missklänge, wie gespiegelt, von innen. Alles wob sich in seinem Hinterkopf zu neuen Geschichten. Die fehlenden Nebengeräusche machten die Gedanken plötzlich verlässlicher, wie mathematische Formeln, die Ordnung in die Welt bringen. Sie hingen ihm nach, verfolgten ihn, bis in den Schlaf hinein, als hätte er den Schutzwall, der über Jahre klaglos funktioniert hatte, außer Kraft gesetzt. Offenbar eine neue Qualität der Verarbeitung, dachte sie, er ließ wohl alles näher an sich heran, um alle Dimensionen auszuloten. Diese neue Sorgfalt machte ihr Angst.

Sie stieg vom Gas, um sich zu sammeln und für das Kommende in Stimmung zu bringen.

Amy war auf dem Weg nach Newburgh, einer behaglichen Kleinstadt in Orange County, die malerisch hingegossen am Ufer des Hudson River schlief. Sechzig Meilen nördlich von Manhattan. Ein Konsortium an Investoren hatte dort in kürzester Zeit ein Immobilienprojekt auf die Beine gestellt, das dem Ort einen Schub Attraktivität, Leben und Steuergelder bringen sollte. Ein altes Schulgebäude war durch An- und Umbauten in ein stolzes Klinikum mit Spezialisierung auf Lungenkrankheiten verwandelt worden. Dezent integriert – eine kleine Mall, ein Blumengeschäft, eine Wäscherei und eine Apotheke. Die Bauherren, die Investoren, Architekten, beratende Ärzte, Anwälte, Politiker und regionale Prominenz waren gekommen, um mit einem kleinen Umtrunk und Fingerfood den Abschluss des Projekts zu feiern. Sie hatte das komplexe Vertragskonvolut betreut, zum Abschluss gebracht und freute sich nun zu Recht auf Lorbeeren.

Sie griff nach einem Flachmann, den Tom für alle Fälle in der Tiefe der Mittelkonsole vergraben hatte, und nahm einen kräftigen Schluck, um Geister zu wecken, die eloquenten Charme unter den Honoratioren versprühen sollten. Den Rest der österreichischen Williams-Birne, die von ihrem Kinn auf die Schenkel tropfte, wischte sie mit dem Handrücken trocken. Sie schloss das Autodach und begann vorsorglich ein Minzbonbon zu lutschen.

Das Gebäude zog sich wie ein langer Hotelkomplex über den Kamm des Hügels, an dessen Südende ein zehnstöckiger Büroturm klotzte. Auf dessen Dachterrasse sollten ein kleines Buffet und weiß gedeckte Stehtische improvisierte Feierlichkeit verbreiten. Die Cocktail schlürfenden Plaudergrüppchen, die sich zwischen Serviertisch und Balustrade bewegten, bestanden fast ausschließlich aus älteren Herren, bis auf zwei Ärzte in den Dreißigern und die Frau des Bürgermeisters.

Amy erschien, und als ginge die Sonne auf über den Dächern von Newburgh, drehte sich alles nach ihr um, auch die Topf-Palmen, die durch das Öffnen der Flügeltür, die auf die Terrasse führte, einen Windstoß abbekamen und sich wedelnd verneigten. Das offensive Rot ihres Kostüms gab ihrem Auftritt den Hauch einer Inszenierung, man grüßte sie mit Verbeugung, einige trugen sogar Gesichtsmasken und achteten auf Abstand. Amys Arbeit schien allen Anwesenden Respekt abgenötigt zu haben. Wie ein exotischer Schmetterling kurvte sie zwischen den Herren, routinierte Smalltalkerin, die sie war, ein Scherz hier, ein Komplimentchen da – eine zu freche Dompteuse, die schon nahe dran war, das Gleichgewicht zu verlieren, denn die frische Luft auf dem Dach wirkte wie ein Turbo in ihrem Blut, in dem sich Rotwein und Williams zu einem unseligen Gebräu gemischt hatten, durchaus geeignet, die Etikette entgleisen zu lassen.

Ein leichter Schwindel befiel sie, wenn sie sich zu rasch umdrehte, um die nächste Gruppe anzusteuern. Einerseits genoss sie den Zustand, den sie ja bewusst herbeigeführt hatte, um leichter durch den Abend zu kommen, sie wusste ja, was sie erwartete. Andererseits lief sie Gefahr, in Fettnäpfchen zu treten, die hier reichlich ausgelegt waren. Sie hatte von

Gerüchten gehört, die bezüglich der Finanzierung des Projekts von dunklen Kanälen wussten, zumal die Herkunft gewisser Gelder auf dubiose Geldströme hinwies. Gerade die zur Schau gestellte Seriosität – ein nicht geringer Teil des Geldes kam von katholischen Kongregationen – reizte ihre wachen Zellen zu bösen Sticheleien. Im Grunde empfand sie diese Leute als Fremdkörper, funktionale Hebel eines Räderwerks, das man instand halten musste, um Stillstand zu vermeiden. Schlüpfriges Terrain, denn ihr Wechseln zwischen Witzbold und Provokateur balancierte auf schmalem Grat, als hätte sie auf die Bissigkeit ihrer Klientel vergessen. Die meisten hier waren steife Geschäftsleute, Zahlenmenschen, eine humorlose Spezies, die ihr seit Großvaters Zeiten vertraut war. Menschen, die sie nicht ein einziges Mal über Bücher oder Bilder, Musik, Wissenschaft oder Natur sprechen gehört hatte.

Sie erinnerte sich an einen Abend in Großvaters Villa, sie war damals zwölf und schon klug genug, um sich für die Gespräche von Erwachsenen zu interessieren, als sie sich entschloss, die Wörter einer Abendgesellschaft zu notieren, die sie am häufigsten aufgeschnappt hatte. Am Ende hatte sie eine Strichliste, die den Abend trefflich wiedergab. »Dollars« war der Sieger, gefolgt von »Dow«, »Rendite« und »schlechtes Personal«.

»Oh, Mrs. Maas, auf ein Wort!« Der Rädelsführer einer tiefschwarz gekleideten Truppe von Patres, im Kollarhemd und allesamt mit Ordensemblem auf den Revers der Sakkos – ein weißes Lamm, dessen Vorderläufe ein beflaggtes Kruzifix umklammern –, zog sie mit festem Griff in ihre Reihen.

»Wer in solchem Tempo mit diesem Paragrafendschungel fertigwird, Mrs. Maas, muss besondere Fähigkeiten besitzen, chapeau, wir sind beeindruckt!«

»Suum cuique«, gab sie lächelnd zurück, wissend, dass die Herren Latein redeten wie Wasser, und fügte hinzu: »Möge Ihr Investment zum Wohle der Kranken sein, die hier Heilung suchen.«

»Amen« – das kam mehrkehlig, obwohl in Amys Höflichkeit etwas Spöttisches mitschwang, was aber nur die helleren Köpfe in der Gruppe ahnten.

»Gott und Geld waren schon immer ein hübsches Paar, nicht wahr?« Das Fragezeichen war nur rhetorisch. Sie konnte es einfach nicht lassen und fuhr fort: »Ich bete zu ihm, dass kein böser Marcinkus unter den Herren sein möge«, und jeder wusste, dass die Geldwäschedeals der Vatikanbank mit der New Yorker Mafia gemeint waren, die vor Jahrzehnten die Grundfesten der katholischen Kirche erschüttert hatten.

»*Unsere* Wäscherei ist ein sauberer Ort«, rief sie, »Gott sieht alles und er weiß alles, möge also nichts von Ihrem Geldsegen versinken in der Offshore-Vergessenheit ... meine Herren, er wüsste es ... er wüsste es ...« Sie fuchtelte dabei lehrerhaft mit dem Zeigefinger herum, alles in höflich gesunder Distanz und musste kichern, weil ihre lockere Zunge schon die Worte verstolperte. Indignierte Blicke der Patres. Sie hatte keine Ahnung, welcher Teufel sie gerade geritten hatte, in den Gesichtern las sie beides, Entsetzen und Amüsement. Das Entsetzen stand vor allem jenen auf der Stirn, die offensichtlich über die Faktenlage Bescheid wussten, die anderen lächelten unbedarft vor sich hin und wunderten sich über die Stirnfalten der Eingeweihten.

Ihr Großvater, dem Calvin immer näher gewesen war als Jesus, tauchte immer wieder vor ihren Augen auf, als hätten die Geistlichen hier ein Fluidum geschaffen, das dessen Geist wiederbeleben konnte: Geld und Gottesfurcht. Ihre Erinnerungen waren noch sehr lebendig.

An besonderen Tagen hatte sich in ihrer Teenager-Zeit die Gelegenheit ergeben, über ein Wochenende das leere Haus des Patriarchen zu hüten, während sich die ganze Sippe zum Weekend-Vergnügen ans Meer verzogen hatte. Sobald das letzte Auto durchs Außentor der Villa verschwunden war und sie endlich ganz allein im Hause herrschte, verriegelte sie die Außentür, öffnete sämtliche Fenster und flutete das Anwesen mit Sonne und Wind. Die weißen, gehäkelten Stores schlugen schon wild um sich, da die Zugluft zu wüten begann, als sie Metallica auflegte – *Nothing Else Matters.* Dreizehn war sie gerade geworden und sah im Spiegel, dass die Kindheit längst vorüber war. Sie zog sich splitternackt aus, musterte die junge Frau, die sich sorglos aus dem Mädchen schälte, und begann laut brüllend durchs Haus zu rennen, zu hüpfen, grunzend und grölend und lachend, im Spagatsprung an großen Spiegeln vorbei, grimassierend vor den Gemälden der Ahnen, zeigte Großvaters Porträt, das über dem offenen Kamin drohte, die lange Nase, schob ihre Zunge unter die Unterlippe und tanzte und furzte wie ein kleiner Gorilla. Am Ende legte sie sich, als letztes Sakrileg, auf den kühlen Küchentisch, lag schweißnass und glückselig auf dem Rücken, Beine und Arme weit gespreizt, wie Michelangelos Menschenskizze, bevor sie vor Erschöpfung einschlief.

Einmal im Jahr, während der Ferien, hatte sie sich diesem verbotenen Rausch hingegeben, der ihr Geheimnis blieb, bis Großvater gestorben war. Erst nachdem Amy diese Geschichte eines Tages auch Tom erzählt hatte, wagte er, sie in die Welt des Arthur Rimbaud einzuweihen, in der vagen Hoffnung, Wesensgleiches erkannt zu haben.

Sie begann nun, das Zuviel an Alkohol, zum Leidwesen ihrer Füße in den Stöckelschuhen und einiger

Gläser, die bei ausladenden Bewegungen zu Bruch gegangen waren, am ganzen Leib zu spüren. Einer der beiden Ärzte nahm sie unterm Arm, um die Hinkende höflich aus der Schusslinie zu ziehen. Ein dunkler Kerl mit schwarzen, halblangen Haaren, nur schludrig aus der Stirn gekämmt, hager, lebhaft, Dreitagebart, ausgestattet mit der wiegenden Gelassenheit eines europäischen Südländers.

»Lass mich, nicht angreifen, die kennen mich alle«, zischte sie ihn an, sah aber doch ein, dass sie Hilfe brauchte bei ihrem Abgang. Ihr war schlecht und schwindlig. Da er ihr Torkeln abfedern musste, wirkten die zwei in ihren gemeinsamen Bewegungen nicht wie völlig Fremde, sondern eher vertraut und im Einverständnis.

Die Reaktion der umstehenden Gäste war eine gemischte, von Empörung bis zu verlegener Nachsicht war alles zu lesen in den Gesichtern. Amy hatte ja ihren Job erledigt, die Verträge waren unterschrieben, da konnte ein feuchter Ausrutscher großzügig toleriert werden. Als sie vor Amys Auto standen, bot er höflich an, das Steuer zu übernehmen. Er half ihr vorsichtig auf den Beifahrersitz, bediente dabei die Mechanik, die ihn zum Liegesitz machte, und strich ihr eine Haarsträhne von der Wange. Sie kicherte.

»Bin ich betrunken? Dottore? ... Andrrea?«

Er setzte sich ans Steuer und fuhr los.

VI

Als Tom vor seinem Townhouse aus dem schwarzen Honda stieg, versperrte wie üblich die Liftschlange vor dem Nachbarhaus den Zugang zu seiner Eingangstür. New Yorker sind Liftfahrer, keine Stiegenläufer, selbst die Jungen nicht, bis auf die Jogger. Ganz hinten in der Reihe sah er Lucy stehen, sie stand schon seit einer halben Stunde und Geduld war nicht ihre Stärke. Als er sie ansprach, hatte sie noch immer gerötete Augen.

»Wie geht es ihr?«

»Den Umständen entsprechend, wenigstens ein Gangbett, man wird sich um sie kümmern.«

»Was hat sie noch gesagt?«

»Ob ich ihr die Bücher ...«

»Ah, den Byron«, unterbrach sie ihn schnell und lächelte.

»Genau ... und Robert Louis Stevenson ... für Lenny.«

»*Die Schatzinsel*«, nickte sie. »Hat ihn nie losgelassen ... Wenn ein alter Mann stirbt, brennt eine ganze Bibliothek ...« Tom sah sie verdutzt an.

»Ist nicht von mir ... altes Sprichwort aus Afrika.« Dann lächelte sie ihm ins Gesicht. »Für Lenny ...«, wiederholte sie mit einer fröhlichen Bitterkeit. »Er hat das Buch wie einen Reisepass mit sich rumgeschleppt, eine kleine Spezialausgabe ... in speckigrotem Einband, vergilbte Seiten ... hat mir oft draus vorgelesen.«

»Gehst du mit mir nach oben? Wir haben nicht viel Zeit, denk ich.«

Sie nickte und hängte sich bei ihm ein, als wäre er ein alter Kumpel.

Lucy hatte herausgefunden, dass Leonard Gleeson in einer provisorischen Leichenhalle im Bellevue-Krankenhaus in der 1st Avenue lag. Solche Provisorien gab es jetzt in der ganzen Stadt. In sämtlichen Hospital-Departments waren die Kapazitäten überschritten worden.

Die beiden stapften gemeinsam bis in den fünfzehnten Stock hoch, wortlos, hatten alles durchgeschwitzt, als sie oben ankamen. Lucy war leichtfüßig vorangegangen, was ihm sehr recht war, für ein Gespräch hätte ihm die Luft gefehlt.

Er hatte sie in der kurzen Zeit ihrer Bekanntschaft noch gar nicht wirklich wahrgenommen, zumindest nicht mit dem Gewicht, das ihr angemessen war. Sie war ein freundlicher Türöffner in die Welt der Gleesons gewesen, ein nettes junges Ding, das seine Tochter hätte sein können. Sie wies ihn gleich in die Zimmer ein, die sämtlich mit Büchern zugemauert waren. Alle Regale vollgestellt, teils kreuz und quer, auf jeder Kommode, auf jedem Sessel, auf Heizkörpern, Fenstersimsen, Klimaanlagen, im Geschirrschrank, auf dem Klo – Bücher, Bücher überall, selbst unterm Ehebett standen auf jeder Seite zwei, drei Stapel fürs spontane Zugreifen in der Nacht.

Sie standen vor dem Bett der Gleesons. Unter den Kopfkissen lagen, wie angekündigt, die beiden gewünschten Lieblinge und Lucy übergab sie mit der gewissen Andacht, die diesen Kostbarkeiten zustand. Dann verschwand sie im Badezimmer.

Erst als sie sich zurechtgemacht hatte, frisch überholt aus der Dusche tippelte und duftend vor ihm stand, im viel zu großen rosa Morgenmantel, war das Kindhafte an ihr verschwunden. Da stand eine junge Frau, die ihm auf Augenhöhe begegnete, und er musste sich neu orientieren. Noch immer schweißnass stand er da und hätte sich am liebsten in Luft aufgelöst.

»Kannst gerne duschen, das Wasser ist noch heiß.«

Er musterte sie mit raschen Blicken, aber nicht zu offensichtlich, um keinen falschen Eindruck zu erwecken.

»Danke ... sehr nett ... aber ich sollte mich jetzt sputen.«

Sie nickte. »Ja, solltest du.«

Ihr Anblick und ihre direkte Art hatten ihn etwas aus der Fassung gebracht. Ihr schwarzes Kurzhaar, das ihr Gesicht wie eine Haube umschloss, spreizte sich noch immer störrisch vom Kopf, als wollte es ihre Sanftheit ins Gegenteil verkehren. Einen Moment lang standen sie schweigend voreinander. Er nahm sie jetzt wahr, auch mit den Sinnen, die beim ersten Kennenlernen vom Schock der Geschehnisse betäubt gewesen waren – ihr kluger Blick war ernst und ohne Falsch, aus großen dunklen Augen, gebettet in makellos weiße Haut, die die Wölbung der Wangenknochen noch weicher machte, ein Weiß, das sich beim geringsten Reiz ins Rosa verflüchtigen würde, als trüge sie ihr Innerstes als äußerste Haut, wie eine Einladung zur Verletzung, und unter dem Weiß schimmerten, fein verzweigt, blaue Äderchen. Neunzehn war sie, nach eigenen Angaben. Er war überrascht über sich selbst und verunsichert wie ein Pennäler. Während sie unter der Dusche gestanden war, hatte er sich kurz in einen Fauteuil gesetzt und begonnen, in den Büchern zu blättern, mit angelegtem Daumen die Seiten vor der Nase flattern zu lassen, um vielleicht einen spezifischen Duft der Gleesons zu erspüren,

Parfumreste vielleicht, die Spuren der Jahre, den Staub der Reisen. Lucy hatte ihn dabei beobachtet, während sie sich die Haare frottierte, setzte sich schließlich, bis zum Hals eingewickelt in den Morgenmantel, aufs Ehebett und blickte ihm unverwandt in die Augen. Er hatte sich aus dem Fauteuil erhoben, um seine Absicht zu bekunden, bald schon aufzubrechen.

»Du kennst die Bücher ...«

»Ja, ich kenne sie.«

»Hast du's gespürt, Mann? Sie riechen nach den beiden ... hast doch die Nase reingesteckt.«

»Ja, das hab ich.« Er musste lächeln, es klang, als sprächen sie über Personen, nicht über Bücher, was für Sekunden eine Intimität entstehen ließ, die er nicht beabsichtigt hatte. Das schlechte Gewissen begann ihn zu plagen, er wollte hier keinen plumpen Flirt anzetteln und hatte außerdem ein Versprechen einzulösen, Mrs. Gleeson.

Lucy ging in den Flur hinaus und rief den Lift.

Im Mount Sinai Hospital war inzwischen die Hektik einer eingespielten Routine gewichen. Als Tom bei Mrs. Gleesons Bett ankam, war der Arzt, der sie eingewiesen hatte, damit beschäftigt, eine Morphin-Infusion für die Nacht zu legen, um die Erstickungsangst zu mildern. Sie schien zu schlafen, hatte die Augen geschlossen und atmete flach, aber regelmäßig. Der Arzt winkte Tom in eine diskrete Nische.

»Sie verlangte nach Lenny, immer wieder … sind Sie das?«

»Nein. Ich bin nur ein … Freund.«

Tom erzählte ihm die Geschichte vom Fenstersturz und vom Plan der Gleesons, der misslungen war. Sie habe ein Beatmungsgerät abgewiesen, sagte der Arzt, obwohl sie dringend eines benötigt hätte. Dann bat er ihn, noch eine Weile bei ihr zu bleiben, wenigstens so lange, bis die Infusion Wirkung zeigte. Tom platzierte die beiden Bücher auf dem Kissen, nahe an ihrer Wange.

»Gut«, sagte der Arzt, der so blass und krank wirkte wie seine Patienten, und verschwand im OP.

»Lenny …?« Sie drehte ihren Kopf zu den Büchern, ihre Nase berührte den Rücken der *Schatzinsel*. Die Augen waren noch immer geschlossen.

»Ja«, sagte Tom, nach einer langen Weile. Ihre Hand lag nun auf Lennys Buch. Tom setzte sich so nahe wie möglich ans Bett, umfasste mit seiner Linken ihr Handgelenk, um den Puls zu fühlen. Ihre Hand glühte, ihr Herz schlug zu schnell und verstolpert, wie ans Fenster klopfende Regentropfen vor einem Wolkenbruch.

»Bist du's …?«

»Ach, weißt du, Martha«, hörte sich Tom plötzlich sagen, und er konnte nicht mehr zurück: »Die Reise passt mir nicht, die Leute passen mir nicht und der Steuermann passt mir auch nicht.« Zwei Sekunden – dann entkam ihr, etwas verzögert, ein verschnupftes Lächeln durch die Nase. Sie wollte ihren Kopf heben, aber die Anstrengung war zu groß, ihre Augen blieben noch immer geschlossen.

»Ach … Captain Smollett«, hüstelte sie. Alles Leben in ihr hatte sich auf den Mund reduziert, geschrumpft war sie, in den Laken fast versunken, ihre Stimme heiser und müde. Sie musste wieder Luft holen durch das verstopfte Sieb in ihrer Lunge und ihre Hand rutschte langsam vom Buch, die Infusion begann zu wirken. Tom schob den Byron vorsichtig unter ihr Kopfkissen und *Die Schatzinsel* dazu.

Er blieb mit seiner Linken auf ihrem Handgelenk. So hatte er ihren Herzschlag bei sich. Er starrte auf diese dürren, langen, eleganten Finger, die wie kostbares antikes Besteck vor ihm lagen, als führten sie ein Eigenleben, unabhängig vom Körper – wie viele tausend Bücher hatten sie durchblättert, wie viele Buchrücken berührt. Er kannte diese Frau erst seit ein paar Stunden und fühlte dennoch eine Vertrautheit, die ihn verwirrte.

»Lies … weiter«, seufzte sie, je ein Wort zwischen den brüchigen Atemzügen.

»Ich muss ... auf den Zug ... Lenny.« Ihr Geist ließ nicht los, ein Rest von Entschlossenheit, die bewusst gegen Befehle der Chemie anzukämpfen schien.

Tom nahm noch einmal *Die Schatzinsel* zur Hand und begann zu lesen, irgendwo: »... dann hielten wir vor einem großen Hause und es war schon lange hell ... Wo sind wir? – In Bristol, steig aus!«

Er musste zweimal ansetzen und sich räuspern. »Ich hatte mein ganzes Leben an der Küste verbracht ... aber mir war zumute, als spürte ich das Meer zum ersten Mal ...«

In diesem Moment kam ein dumpfes Brummen von seinem Handy, tief aus dem Inneren seines Sakkos – eine Textnachricht aus dem Büro des Gouverneurs, Tom hatte den Interviewtermin verpasst, den einzigen und wichtigsten des Tages. Sein Ärger war merkwürdigerweise nur von kurzer Dauer, obwohl ihm ein solcher Fauxpas in seiner langen Journalisten-Laufbahn noch nie passiert war – immerhin den Gouverneur von New York versetzt. Nein, es war nicht Gleichgültigkeit, was er in diesem Augenblick fühlte, eher eine müde Trauer und Hilflosigkeit, weil nun plötzlich das wirkliche Gewicht des Lebens auf ihm lag, dem er nicht mehr entfliehen konnte, so konsequent und professionell er es in den Jahren und Jahren zuvor immer abgeschüttelt hatte, wenn ihm fremde Leben ans Herz greifen wollten.

Eine Zeit lang starrte er die Wand an, die kahle Wand, es gab dort nichts, nicht mal ein Muster, eine Faserung oder eine Unregelmäßigkeit. Er konnte keine Konturen finden in Verputz und Farbe, um sich daran festzuhalten, nur verschwommene Umrisse seines eigenen Schattens – das machte ihn nervös, und es überfiel ihn eine Mattigkeit, die es ihm verbot, seine Gedanken zu ordnen. Unter der Maske wurde das Atmen langsam zur Qual, auf seine Stirn traten Schweißperlen. Der Geräuschwald im Hintergrund, die piepsende Elektronik, die Monitore mit den flimmernden Kurven, die Beatmungsgeräte, die dumpfen Kommandos der vermummten Ärzte, alles versank im tiefen Orchestergraben, seine Mutter war plötzlich vor ihm, im grünen Kittel, wie sie zwischen den leeren Beeten steht, daheim in Pötzleinsdorf, aber nur flüchtig, nichts wollte haften.

»Lenny!« Martha Gleesons Stimme riss ihn herum wie ein Stromschlag. »Lenny« als Aufforderung, nicht als Frage. Er nahm die Maske ab, um kurz nach Luft zu schnappen.

»Du hast … einen … Akzent … Lenny.« Das kam aus weiter Ferne zu ihm, aber gut verständlich, und ein sanftes Grinsen verzog ihr dabei die Lippen.

»Ach, Martha«, flüsterte er und tätschelte ihre heiße Hand, die rasenden Schläge konnte er nicht mehr zählen.

»Bahnhof ...«, flüsterte sie, bestimmt, nicht bittend. Er drückte ihre Hand, so wie sie es bei ihm getan hatte, als er den passenden Byron-Vers getroffen hatte. Dann legte sich eine vereinbarte Stille über die beiden, die kein Geräusch mehr brechen konnte, auch keine Gedanken mehr, er fühlte sich zu müde, vergaß die Wand und nickte ein, dabei blieb seine Hand stets auf der ihren.

Als er wieder erwachte, nach kurzem, nervösem Dämmern, seine Stirn am Aluminiumgitter des Bettes, war schon alle Wärme aus ihrem Körper gewichen, der Puls längst verebbt und das Leben auch. Eine stille Majestät hatte sich ihres Körpers bemächtigt, den Kopf Richtung Decke gestreckt, den Mund leicht geöffnet für die letzten Züge. Die Furchen auf ihrer Stirn waren verschwunden, ihr schmales Gesicht eingesunken im Weiß des Kissens. Ein Hauch von Staunen lag um ihren zerbrochenen Mund und Kühnheit, die er schon in ihren Augen gesehen hatte, um ihre Stirn. Keine Angst.

Noch einmal tätschelte er ihre kalte Hand und ging dann hinaus, ins Freie. Es war noch vor Mitternacht. Er sah zum Himmel hoch, Nebelfetzen durchzogen das Gewölbe, das diesmal nichts Tröstliches hatte, wie so oft zuvor, wenn er hinaufblickte und eins war mit seiner Ohnmacht. Es machte ihn frösteln. Er ging los, sog kühle Atlantikluft in seine Lungen und war sich gewiss, dass ihm nach der nächsten Biegung eine Brise entgegenschlagen und ein neues Kapitel eröffnen würde, dessen Ankunft er schon lange ahnte. Er checkte seinen schwarzen Honda aus und ging zu Fuß in die Nacht.

VII

Amys Auto stand schemenhaft wie ein verlorener Waggon unter der Poughkeepsie Bridge, die wie ein stählerner Spinnenfuß den Hudson überspannt. Eisern und verlässlich. Nachts wirkten die mächtigen Stützpfeiler, in denen vom Wasser reflektierte Lichter tanzten, tatsächlich wie Lebewesen, wie die Gliedmaßen eines Rieseninsekts, das breitspurig in der Strömung steht. Jahrzehntelang waren hier endlose Personen- und Lastenzüge über den Fluss gedonnert, seit ein paar Jahren aber gewährte man der Stolzen nur noch ein stilles Ausgedinge, als Geh- und Radweg, der die Menschen oft verweilen ließ, um dem trägen Fließen zuzusehen.

Niemand auszumachen um diese späte Stunde. Die Schläge der Turmglocke von Mount Carmel brachen sich elfmal in den Stahlträgern. Der Himmel klar wie die Sternenkarte, kein Nebel, kein Wölkchen, nur ein rötlicher Mond spiegelte sein Licht auf den Chromleisten der Karosserie. Amy schreckte auf, sah sich um: »Wo sind wir, mein Gott?«

»Unter der Brücke«, sagte der Doktor mit heiserer Stimme und drückte sie sanft, aber bestimmt in den Liegesitz zurück, als hätte er das Recht dazu.

»Unter der Brücke«, wiederholte sie benommen, sah hinauf zum Spinnenfuß, der ihr vertraut war, und fand auch den Mond dahinter.

»Es beginnt mit dem Mond«, sagte sie, aber ohne den Ernst der Esoteriker.

»Bist du süchtig? Immer wieder sprichst du von dem Ding«, sagte der Doktor, schon etwas ungeduldig.

»Hast du nur Lungen im Kopf?« Sie hatte sich ausdrücklich Zärtlichkeiten, auch verbale, für ihr Vorhaben verbeten. Sein Kopf war schon zu sehr mit ihrem Körper beschäftigt, als dass ihm ihr grober Ton aufgestoßen wäre.

»Lungen und auch andere Dinge«, sagte er abwesend. Seine Hand war schon an ihrem Rocksaum, seine Fingerkuppen auf dem Weg zur Innenseite ihrer Schenkel. Sie nestelte mit ihrer Linken in der Mittelkonsole, so lange, bis sie blind zwischen Mittel- und Zeigefinger den Flachmann zu fassen bekam.

»Musst du dich betrinken, um mich auszuhalten ...« Das kam eher als Feststellung denn als Frage.

Antwort bekam er keine. Sie nahm einen kräftigen Schluck, kniff die Augen fest zusammen und schüttelte das Brennen aus dem Hals. Wohl aus Selbstschutz hatte der Doktor ihren sardonischen Ton übernommen. Sie spürte das und ließ doch geschehen, was geschah, sie entkleideten sich und verloren gleichzeitig ihre Fassung.

»Lass dich nur gehen … mir soll's recht sein.« Er ruckelte dabei ungeduldig am Reißverschluss ihres Rocks, bis sie ihm endlich mit einem zornigen Hüftstoß half, das Teil über ihre Schenkel zu streifen. Die Jacke zog sie sich mit einem Ruck über den Kopf und überließ ihm den Rest. Ein Teil ihres Körpers sagte »Mach schon«, ihre Hände aber wehrten sich gegen ihn. Es fühlte sich an wie ein unbeholfenes Gerangel auf der Suche nach Rhythmus. Auch die trockenen, störenden Geräusche im Inneren des Autos halfen nicht, Amys Schranken zu lösen, das Jammern der Federung, seine Kopfstöße gegen den Himmel, auch nicht ihr Atem, der aggressiver wurde, bei ihm aus Lust, bei ihr aus Ungeduld und Wut. Mit der großen Zehe fand sie am Radiodisplay die fix eingestellte Welle der American Song Book Radio Station, die sie meist verlässlich in die Illusion versetzte, die Welt sei noch in Ordnung, wie ein Bett der ewigen Ferien, in das sie sich legen konnte, und alles war gut. Aber nichts war gut. Sein Gesicht nun zwischen ihren

Brüsten, ein paar schüttere Stellen auf seinem Haarboden, das aufsässige Rasierwasser, das sie schon von der ersten Begegnung her kannte, die sehr förmlich verlaufen war. Ihre Hände zogen seinen Kopf zum Hals hoch, er sollte nicht den ganzen Tempel erkunden dürfen.

»Ich versteh dich nicht ... weißt du eigentlich, was du willst?« Sie spürte seinen Mund und den kratzenden Dreitagebart an der Wange. Noch ein Schluck aus dem Flachmann.

»Doch, weiß ich, aber ... ich komme grade unter die Räder und ich weiß verdammt noch mal nicht ... noch nicht ...« Der Doktor nahm ihr entschlossen das im Mondlicht blitzende Messingteil aus der Hand und warf es durch den offenen Spalt des Seitenfensters, ließ dabei aber nicht nach sie zu kosen, und ihr Widerstand schien eher seine Geilheit herauszufordern, als sie einzubremsen.

»Du hast doch *mich* eingeladen, nicht umgekehrt, verdammte Scheiße«, bellte er.

Aus dem Radio floss der sanfte Refrain von *Unforgettable*. Amys arglistige Hoffnung, der Alkohol könnte am Ende an ihrer Standfestigkeit rütteln, war ein perfider Gedanke, der sich wie ein Stachel in ihrem Hinterkopf festgesetzt hatte. Mit einer Entschlossenheit, die nichts mit Zuneigung und schon gar nichts mit Liebe zu tun hatte, bäumte sich unter ihm ihr Becken auf und ihre Hände, die sich eben noch gewehrt hatten, streiften ihr Höschen ab. Sie war nun völlig nackt und gleichzeitig wusste sie, dass Nat King Cole und all die anderen, die von Sanftheit sangen, die falschen Begleiter waren für den Absturz, den sie erwartete.

»Also, was willst du ...«, keuchte sie, »und mach das Radio aus.« Gleichzeitig klickte sie auf ihrem iPod, der in der Mittelkonsole steckte, Metallica an, eine letzte, durchtriebene Absicht, die vielleicht doch noch ihre verirrte Lust einfangen würde. »... and nothing else matters.« Ihr damaliger Tanz durch Großvaters Villa war die jungfräuliche Einführung in die Welt ihrer Dämonen gewesen, die in ihrer misstrauischen dreizehnjährigen Seele gerade erwacht waren und sie schon zu Gefühlen verführt hatten, von denen ihr Großvater ein Leben lang nichts geahnt haben mochte.

»Mach schon!«, rief sie verzweifelt und spürte eine Träne über ihre Wange rinnen. »Mach schon!« Es war nur ein Teil von ihr, der da rief, der verzweifelte, der kompromisslose, der Großvater, dem Zielorientierung stets wichtiger war als Vorsicht und Rücksicht, denn ein Auserwählter Gottes hatte keine Zeit zum Zaudern, war doch alles vorbestimmt, so hatte es der Alte gepredigt. Alles vorbestimmt. Von Gott. Teleologisch ... das Wort hatte sie schon als

Teenager begriffen, zielgerichtet und damit abgesegnet. Als James Hetfield zu singen begann, drehte sie sich entschlossen auf den Bauch und reckte dem Doktor ihren makellosen Hintern entgegen, um ihm nicht ins Gesicht sehen zu müssen, wenn er in sie eindrang, er hätte Wut und Scham gesehen. »So close, no matter how far, couldn't be much more from the heart ...« Das allein schon wühlte in ihr wie hundert Schlangen, berührte ihren innersten Kern, in dem sie doch zu Hause sein wollte, nicht eine Fremde, Verstoßene. Sie lockte ihren Geist an einen anderen Ort, ließ jetzt Tom den sein, der von hinten in sie drang, sich an ihre Wange schmiegte, seinen Atem an ihrem Hals, seine Zunge in ihrem Ohr, seinen Rhythmus, seine verrückten Geschichten, die er ihr zuflüsterte, damals, als die Welt noch in Ordnung war. Aber nichts war in Ordnung. Es war kein Leichtes, sich Tom hinter sich vorzustellen. Auch der Dottore war auf seine Art ergebnis- und zielorientiert, aber zu schnell, zu grob, eine Einbahn, ohne Rastplatz, kein Tom. Sie holte sich den heißen Nachmittag im Patriarchenhaus, ihren Affentanz, die Arme und die Beine weit gespreizt auf dem kühlen Küchentisch, der ihr ein glückseliges Zucken beschert hatte, das wie ein Himmelskuss über sie gekommen war, ein Gefühl, das sie nie mehr missen wollte. Sie begann sich jetzt schneller zu bewegen und mit ihm zu flüstern, mit Tom, die nächsten Stöhner kamen schon mit Ton. Sie schluchzte laut, hielt sich die Ohren zu … »Tom«, stöhnte sie, und noch einmal: »Tom.«

Da zog sich der Dottore genervt aus der Höhle zurück, rollte sich, außer Atem, auf den Fahrersitz, zog seine Hose aus der Kniekehle und fluchte Italienisches. Amy blieb nackt liegen, bedeckte nur ihre Scham mit dem zerrissenen Rock.

»Es tut mir leid … Andrea.« Sie erwartete keine Antwort.

Er keuchte still vor sich hin. Schlug aufs Lenkrad, einmal, zweimal. Dass ihre Liederlichkeit, für die sie ihren heimlichen Himmel um Verzeihung bat, ihrer tiefen Verzweiflung entsprungen war, ließ sie für sich nicht als Entschuldigung gelten, und sie erwartete auch keine Vergebung, weder von ihm noch von *ihm*.

Andrea öffnete sein Seitenfenster, atmete tief ein und lange aus, blickte dabei wütend übers Lenkrad auf den müden Fluss. Dann stieg er aus, wortlos, wie eben einer, der schuldlos in eine Geschichte geraten war, von der er eigentlich nichts wissen wollte, knallte die Tür zu und war weg. Amy streckte sich und war noch nicht gewillt, sich mit ihrem schlechten Gewissen auseinanderzusetzen, noch im Fieber drehte sie Metallica auf volle Lautstärke und strich kosend mit beiden Händen über ihre warme, schweißnasse Haut, sie zog Tom zu sich, tief in sich hinein ... bis das Ende kam und mit ihm ein kleines Schluchzen, ihre Hände noch immer im zuckenden Schoß.

Es war nach Mitternacht, als sie sich mit dem Liegesitz aufrichtete. Der Mond, schon blasser jetzt. Oben auf der Brücke sah sie Andreas Silhouette, klar abgezeichnet vor dem Sternenbogen, marschierend, die Schultern hochgezogen, den Kragen aufgestellt, in raschem Schritt Richtung Westen, nach Highland verschwinden.

VIII

Etwas hatte sich verändert in jener Nacht, in dieser Stadt, in der Welt, in Tom, und es lag im wahrsten Sinne in der Luft – die verordnete Stille war längst nicht mehr makellos. Die Sirenen waren auf einen Schlag nicht mehr die bestimmende Melodie, sie wurde immer wieder durchbrochen von lauten Wortfetzen und Fragmenten von Sprechchören, die aus der Chelsea-Richtung an sein Ohr drangen, und immer deutlicher mischten sich auch wärmere Böen in die kühle Nachtluft, die keinen herben Atlantikduft mit sich trugen, sondern Brandgeruch aus der Bronx, und je näher er kam, desto dichter wurden die stinkenden Rauchschwaden, die wie Vorboten um die Häuser strichen. Dazwischen immer wieder skandierende Frauen und Männer – »Black Lives Matter!« Weiße, Schwarze, Latinos, Asiaten, bunt gemischt, aber die Weißen in der Überzahl, merkwürdigerweise. Die meisten mit Gesichtsmaske. Das ging offensichtlich schon seit

Stunden so. Sporadisch begegneten ihm versprengte Grüppchen, mit provisorisch gebastelten Transparenten und auf einfachen Pappdeckeln formulierten Protestparolen – die letzten, müden Ausläufer eines zornigen Marsches. Abgesperrte Straßen, Polizeikordons und dazwischen auch Soldaten der National Guard. Die Stadt war offenbar wieder aufgewacht und mit ihr eine Wut, die seit langer Zeit gefüttert worden war.

Tom setzte sich bei *Joe – The Art of Coffee* an der Gay Street auf eine angekettete Holzbank, das Café war geschlossen und mit Holzverschalungen verbarrikadiert. Dann scrollte er müde durch sein Handy, um auf den neuesten Stand zu kommen, er hatte sich ja ausgeklinkt aus dem Lauf der Dinge. Die Bilder von Zehntausenden auf Instagram, Solidaritätsmärsche weltweit, in Wien sogar 50 000 auf der Straße, »Burn down the System«, in der Bronx ein Straßenzug in Flammen, Geschäfte geplündert und so weiter. Aber das waren die Ausnahmen, der Großteil der Demonstrationen war friedlich verlaufen, Echos von Gelächter dazwischen, ein fast freudvoller Aktionismus, der sich endlich Bahn brach, schrieb Tom in seinen Notizblock. Er würde am nächsten Tag viel zu tun haben, Reuters hatte per SMS schon urgiert. Und auf allen Kanälen lief das ominöse Video, das binnen Minuten die ganze Welt heimsuchen sollte, umfassend wie das Virus selbst. George Floyds »I can't breathe« hallte noch immer vielkehlig durch die Straßen, als schon mattes Frühlicht über die Dächer kroch.

Tom konnte keinen rechten Schlaf finden in dieser Nacht, ein Dahindämmern war's nur, immer wieder unterbrochen vom Lärm vereinzelter Demonstranten, der durchs offene Fenster drang. Amy rührte sich wieder in seinem Kopf, nur in seinem Kopf, das Telefon blieb stumm. Reuters textete zum x-ten Mal, und das war gut so. Arbeit war jetzt das beste Mittel, um sich zu sammeln.

Die Bilder breiteten sich wie ein unwirkliches Panorama vor ihm aus, er musste nur zugreifen, und er spürte von Zeile zu Zeile die Widersprüche, die ihm zu schaffen machten. Er begann zu schreiben wie im Fieber, kein bloßer Faktenbericht diesmal, vielmehr ein wütender Essay über das zerrissene Land, eine Abrechnung. Immer wieder stolperte ihm dabei seine eigene Befindlichkeit in die Zeilen. Er schrieb zwar auch von der Brillanz der Kreativen, der Musiker und Filmkünstler, der Schriftsteller, Wissenschafter und Philosophen, aber viel mehr schrieb er von der Ignoranz der Wissenschaftsfeinde, die Universitäten in die Luft jagen wollten, der gekauften Politik, der Hysterie und der Bigotterie, die im Namen Gottes die Demokratie verrät. Er schrieb vom Dilemma seiner Hassliebe zum Fantasyland, das gerade seine Schminke und sein Gesicht verlor, schrieb vom Heimweh, das ihm ins Herz biss, von seinem Amerika, dessen stolzes Kinn auf die Brust gesunken war, oh ja, da mussten Metaphern her und Pathos und nicht zu knapp. Er schrieb von den großen Kämpfern der Black Community, von John Lewis bis James Baldwin, der als schwuler schwarzer Intellektueller und als klügster Kopf der Bewegung dem bösesten Canossagang ausgesetzt gewesen war, und aus jeder Zeile ließ er Herzblut, Zorn und Hingabe tropfen. Der als versteckte Liebeserklärung begonnene Befund war ihm doch wieder zur Tirade geraten, was ihn ins Grübeln brachte – hatte er doch auch die Wurzeln seiner Frau gegeißelt, die über diesen tiefen Spalt zu ihm übergelaufen war ... er verlor die Fassung und den Faden, rollte ihn neu auf und begann wieder von vorn. Das übliche Fegefeuer zwischen Überschwang und Wut. Gegen Mittag erst begann die Glut zu verglimmen, er war müde, wie tote Fliegen, schickte alles an die Redaktionen in Europa, ohne nochmals Korrektur gelesen zu haben, und fiel ins Bett, auf Amys Seite.

Erst nach Stunden kam er wieder zu sich, noch immer erschöpft vom unruhigen Schlaf. Sein Blick fixierte den alten Anrufbeantworter, der immer noch seinen Dienst tat – Amys distanziertes Verhältnis zur digitalen Welt –, und er hoffte auf ein rotes Blinken, das eingegangene Nachrichten anzeigen würde – vergeblich. Auch auf seinem Handy kein Ton. Kein Text. Das altmodische Gerät, das sie nicht um die Burg entsorgen wollte, fesselte seine Aufmerksamkeit, als könnte es das Geheimnis lüften, woher seine Unruhe rührte. Er setzte sich davor, als wär's ein Orakel, dem auch die Vergangenheit zu entlocken war, und drückte auf Rewind, um vielleicht einen Anhaltspunkt zu finden, zumal doch einiges an Amys Kommunikation über diesen schrulligen Apparat lief. Aber da waren nur die Piepstöne für gelöschte Nachrichten. Viel Gelöschtes, das war außergewöhnlich und ein Grund für Argwohn. Nach dem neunten Pieps drückte er die Stopptaste und verharrte vor dem Kasten, als wäre er eine drohende Heimsuchung. Dann prüfte er doch noch den weiteren Verlauf – die Neugier war stärker als die Angst vor Schmach, und er traf tatsächlich nach weiteren Piepsern auf ein Fragment, das ihm kurz die Luft nahm: eine männliche Stimme, in der sich hoffnungsvolle Erwartung und wütende Enttäuschung mischten. »Was ist los, Amy? Ich habe vergeblich …«, piep … und: »Hallo, hallo?«, piep, dann italienische Verärgerung, die rasch verebbte, als hätte jemand einen hängenden Hörer in einer Zelle baumeln lassen, dann hupende Autos und aus.

In diesem Augenblick erinnerte er sich an Amys Kreislaufkollaps von vorgestern und ihre Scheu, ihm in die Augen zu sehen an jenem Morgen in Poughkeepsie, an ihren Ballon, in den sie sich zurückgezogen hatte. Er verschränkte nun Fakten und Ahnungen und sah, wie sich das Mosaik zu einem Bild fügte, das er nicht wahrhaben wollte, aber irgendwie ahnte. Falcony, ein verräterisches »y«, und zwei Rufzeichen. Amy und Amy – natürlich konnte er sich vorstellen, was ihre Verzweiflung alles anstellen würde mit ihrer Fantasie, ihrem Willen, ihrer Sehnsucht und ihrem Verstand, warum sollten diese Kräfte nicht ein strategisches Bündnis eingegangen sein, um ans Ziel zu kommen ... Er löschte alle Falcone-Fragmente, obwohl ihm bewusst war, dass er damit auf Beweise verzichtete, die im Ernstfall für ihn gesprochen hätten. Er löschte ihre Sünde, als wäre sie tatsächlich begangen worden, wusch sie rein, wovon?

Dann ließ er sich wieder aufs Bett fallen, diesmal in seine Hälfte. Der Aufruhr in ihm ließ sich nicht mehr beruhigen. Es wurde ihm seltsam eng in der Wohnung, Amy war allgegenwärtig. Ihre Spuren, ihr Duft und ihre Geheimnisse. Dazwischen ein säuerliches Misstrauen. Er musste sich bewegen, draußen.

Auf den Straßen lagen noch die rauchenden Reste des Vorabends, Kulissen des Theaters, das sich selbst in Brand gesteckt hatte. Es war ihm, als höbe und sänke sich die Straße vor ihm, als glotzten die Wände der Häuser überhängend auf ihn herab, um neugierig zu verfolgen, was dem Chaos entstiege. Da waren Pflastersteine in Schaufenster geflogen, Stühle, Bänke und Reste von Barrikaden, ein paar Plünderer hatten sich durch gesprengte Lücken geschoben und ihre Nachbarn bestohlen, Polizisten schossen noch immer Salven in Trinkwasservorräte, die von Demonstranten vorsorglich gehortet worden waren, um durch die Hitze des Tages zu kommen. Gleichzeitig verfolgte er auf dem Display seines Handys, dass in Portland/Oregon Geheimpolizisten in voller Kampfmontur aufgetaucht waren, als Soldaten verkleidet, bis an die Zähne bewaffnet und vermummt, herangekarrt in nummernlosen Fahrzeugen, um Leute zu verhaften … wie einst die SA-Trupps in Deutschland oder die grünen Männer auf der Krim. Land of the Free.

Er machte sich im Laufschritt durch die Schwaden davon und hielt erst inne, als ihm ein im Wind schaukelndes Schild ins Auge fiel, das ihn in seiner einladenden Heimeligkeit schon immer an den *Admiral Benbow* in Black Hill Cove erinnert hatte: ein weißes Pferd auf schwarzem Grund, mit stilisierter schwarzer Weinflasche im Bauch – *The Drunken Horse*. Er setzte sich auf den Hydranten vor der Bar und starrte auf die rote Backsteinwand gegenüber. Die Bar hatte geöffnet, Probebetrieb, aber nur für »curbside pick-up«, Gassenverkauf. Ein braun eingesackter Whiskey war zu haben. Er zog kräftig an und verlor sich gleich wieder in der roten Wand, einfache Struktur, geordnete Rechtecke, Klarheit – er dachte an Amys Magen, in dem sich so ein Schluck warm und ölig ausbreitet, wie ein großer Friede, aber bald schon rekelte sich ihr Körper unscharf aus dem Rot, bewegte sich fort vom Beobachter, drehte sich um seine Achse, blickte über die Schulter zurück zu ihm, lächelte, Verführerin du, böses Mädchen, bis ihm klar wurde, dass er gar nicht gemeint war, sondern ein anderer, ein zufälliger Dottore, der nicht wissen konnte, wie ihm geschah, ein Niemand, junger Schnösel wahrscheinlich – der Dunkelhaarige vor der Kanzlei? … ohne Glanz, ohne Geist, eine Blindschleiche, ein Wellensittich, er kann nicht wissen, auf wen er da aufläuft, dieses Arschloch. Und doch machte Amy Anstalten, ihn zu begleiten, er hält ihr galant seinen Arm hin, sie senkt ihre Hand auf die seine, als würd's ein Menuett. Der Unbeholfene trottet neben ihr, der Narr, wage es nicht, ihren Rocksaum oder sonst was … links, rechts würde sie dir eine schmieren, gaffen darfst du und das war's!

Es war still geworden an diesem Ort. Im *Drunken Horse* war kaum Betrieb, ein paar Leute waren vorbeigekommen, alle mit Gesichtsschutz und Distanz, um Drinks mitzunehmen oder Wok-Gerichte, soweit er das erkennen konnte. Die Zeit verging nicht. Nach den nächsten Schlucken war wieder mehr Betrieb an der roten Wand und in seinem Kopf. Er sah es kommen. Nein, kein Menuett, eher einen Ringkampf sah er. Ich sagte es doch, Amy, nichts gefallen lassen, plumpe Jugend, kopflos, er wagt es tatsächlich, dir an den Arsch zu greifen, an die Brüste, hau ihn, Amy, bitte, hau ihm eine rein. Todtraurig machte ihn das. Er fuhr mit seiner Rechten aus, so ungelenk, dass Jack Daniels auf dem Asphalt in Scherben fiel – willkommenes Ende für ein Schauerstück, das ungefragt durch seinen Kopf gelärmt hatte. Stille ist nicht immer friedlich.

Beim Aufklauben der Scherben holte er sich blutige Hände. Der Lokalchef war gleich zur Stelle, mit Verständnis und Verbandszeug. Er bat ihn in die Bar und schob ihm ein Glas über den Tresen. Einer geht noch. Wie ein Obdachloser fühlte er sich in diesem Augenblick. Tom war tatsächlich gerührt. Stürmische Zeiten machen Menschen weicher, wecken Loyalität, das machte Mut. Er trank ex.

»Arbeitet hier nicht ein … Fräulein Lucy?«, hörte er sich sagen.

»Allerdings, sollte eigentlich statt meiner hier stehen, zehn Minuten Verspätung, das Fräulein Lucy.« Aber er schien nicht wirklich verärgert.

Der Name lag noch in der Luft, als sie mit einem »Sorry« hinter die Theke schlüpfte. Sie stellte sich neben ihren Chef und schubste ihn mit einem sanften Hüftkick zur Seite, zu sanft, um seine Autorität in Frage zu stellen. Gleichzeitig wies die kurze Berührung über ein bloßes Angestelltenverhältnis hinaus.

»Faustdick«, sagte der Geschubste nur und verschwand nach draußen. Lucy nahm sich Toms verletzte Hände vor.

»Ich mach das schon«, sagte sie, resolut wie eine alte Krankenschwester, zog ihm die Pflaster von den Wunden, beträufelte sie mit Jod und legte einen ordentlichen Verband an.

»Dir geht's nicht so gut, hm?«

»Ging schon besser.«

»Sie ist gestorben ... nicht?« Er erschrak kurz, musste sich sammeln, weil er noch immer Amy und den Schauer an der Wand im Kopf hatte.

»Mrs. Gleeson ... ja ... sie ist gestorben ... ja ...«

»Mit den Büchern?«

Tom nickte.

»Gut«, sagte sie und es klang, als hätte sie jetzt Gewissheit, dass es ein würdiger Tod gewesen war. Eine geschlagene Minute lang blieb sie still, putzte an einem Glas, das längst sauber war. Dann lehnte sie sich in einer anmutigen Bewegung zu ihm vor, hielt selbstbewusst ihr weiches, waches Gesicht in seinen Blick und präsentierte wie zufällig ihr ausladendes Dekolleté, das sie durch die auf dem Tresen verschränkten Arme noch hervorhob. Diese Pose mag Standard aller Bardamen und Seelenmütter sein, und ja, Lucy war wohl beides, aber ihre Einmaligkeit schien ihm viel mächtiger als das Klischee. Das Entscheidende war die irritierende Unschuld, die Reinheit, die sie ausstrahlte, trotz der vielen Geschichten, die sie schon zu verdauen hatte. Toms Blick lag einen Moment zu lange auf dem duftenden Grübchen zwischen ihren Brüsten, der Alkohol hatte ihm geraten nachzugeben. Zumindest war er schon betrunken genug, um den Einblick als Geste keuschen Trostes anzunehmen.

»Übrigens, den Papierkram, den Mrs. Gleeson dir übergeben hat, kann ich dir gerne abnehmen«, sagte sie, »ich kenne die Wege ... normale Beerdigungen sind momentan leider nicht erlaubt, aber ich hab mich schon bei Ämtern und Krematorien über Preise und Urnen und alles andere erkundigt .....« Sie hatte das alles sehr schnell gesagt, um ihre aufkommende Rührung zu verbergen.

»Oh Mann ... hast du die Welt im Griff ...«, lallte er, »ja ... ich ... wäre dir dankbar ... bin zurzeit etwas ...

von der Rolle.« Dann zog er aus dem Innensack seines Sakkos Martha Gleesons letzte Wünsche und übergab die zerknitterten Papiere an Lucy. Mit seiner Linken schwenkte er dabei schon wieder ein leeres Glas, das seine Fingerkuppen schlampig am oberen Rand umfassten. Tom war kein großer Trinker und harten Stoff vertrug er nur bedingt.

»Noch einen?«

Er nickte mit einem resignierenden Schulterzucken. Nach dem nächsten Glas hatte er allerdings das seltsame Gefühl, als tränke er sich nüchtern, jedenfalls stiegen die Dinge immer klarer vor ihm auf, formierten sich zu einem Gewitter, das sich ausregnen wollte.

»Deine Frau ...«, stellte sie fest, ohne zu fragen.

»Was ist das nur ... mit euch?«

Gemeinplätze ließ sie unkommentiert. »Woher kommt eigentlich dein Akzent? Deutsch?«

»Österreichisch.«

»Du bist Journalist ... gib's zu.«

»Wie kommst du darauf?«

»Du bist zu neugierig ... steigst fünfzehn Stockwerke hoch ... für Mutter Teresa hätt ich dich nicht gehalten.«

»*Du* kennst Mutter Teresa?«

»Hatte zwei gute Lehrer.«

»Allerdings.«

»Was gut und was böse ist, weiß ich schon.« Sie schenkte ihm noch einmal ein.

»Darauf lässt sich aufbauen«, sagte er. Seine Sätze kamen immer etwas verzögert, es war nicht das Pingpong eines nüchternen Gesprächs, eher das Rückzugsgefecht eines Verunsicherten, der noch nicht aufgeben und seine Gedanken ordnen wollte. Er konnte nicht mehr ganz klar sehen, aber was er fühlte, wenn sein Blick in ihrem ruhte, war offenes Land, in das man eintreten konnte, in dem Sicherheit garantiert ist, grenzenlos und ohne Stoppschild. Als hätte sie für jeden Neuankömmling eine Art hedonisches Gehege errichtet, einen geschützten Bereich, der ihm zur freien Verfügung stünde, überschaubar genug, um am Ende immer auf sich selbst zu stoßen. Lokalverbot für Schwindler, hier herrscht nur die Reinheit des Herzens. Wenigstens hier. Am Ende steht ein Stück Freiheit, ein großer Tropfen davon.

Sie wolle um Gottes willen keine Sphinx sein, sagte sie, nur jeden dorthin zurückwerfen, wo er hingehört, in seine Herzkammern nämlich, wo nur er zu Hause ist und sonst keiner, in die Dunkelkammer, wo die Seele sich Krankheiten ausdenkt. Sie hatte diese stoische Gefasstheit, die ihn empfing wie ein roter Teppich, der endlich hinter die Dinge führen würde. Eine gewisse Feierlichkeit lag in ihrer

Ruhe, schon bei der ersten Begegnung hatte er so empfunden. Ihr Körper ein Empfangszimmer in rotem Plüsch, die Arme noch unterm Busen verschränkt, der Kopf leicht geneigt, nur die Augen bewegten sich, musterten seinen Mund, seine Stirn, ihr Blick hüpfte von einem Auge zum anderen und wieder zurück, als wollte sie keine Finte versäumen, nur die Wahrheit wollte sie, keine Umschweife, kein Süßholz, die Zeit ist zu knapp. Es waren nicht neunzehn Jahre, die ihn hier anblickten, es waren neunzehn Leben oder mehr. Wäre er nicht so betrunken gewesen, er hätte auch das letzte Quäntchen an Souveränität verloren, so sehr verunsicherte sie ihn, doch sie forderte von ihm, gefälligst seine Stellung zu halten, und ein bisschen erschrak er, weil er in ihren Augen zu sehen glaubte, was sie in ihm sah. Er malte sich die Sätze aus, die sie dachte – in wie viele Leben bist du schon eingebrochen, du Spürhund, wie ein Luftzug durchs Fenster und gleich wieder abgedampft, über alle Berge, mit deiner Geschichte im Koffer? Er glaubte für einen Augenblick Mitleid (oder war's Verachtung?) in ihrem Gesicht gesehen zu haben, als wollte sie sagen, weißt du eigentlich, wie viel Unverschämtheit im Fragen liegen kann, du Aushorcher? Dabei erschien gerade sie ihm diejenige zu sein, die diese Technik aufs Trefflichste beherrschte und gleichzeitig imstande war, dem

Stachel ihrer vermeintlichen Gegner so elegant auszuweichen wie ein Mungo der Kobra. Vielleicht wirkte sie deshalb so unbefleckt und frei von Wunden, trotz ihrer durchsichtigen Haut und der blauen Äderchen. Sie flatterte von Geschichte zu Geschichte, ohne Schuld, ohne Angst, ohne Reue, und ließ jedermann ratlos zurück.

Dann funkelte unvermittelt ein Grinsen um ihre Iris, das alles wegwischte und das nächste Kapitel aufschlug, als wollte sie sagen, ich bin ja auch nur ein Glied der Versorgungskette, eure Beichtmutter.

»Was ist also mit deiner Frau? Betrügt sie dich?«

»Ich weiß es nicht ... ist nur eine Ahnung ... ich weiß es nicht.«

»Hast du sie lieb?«

»Ich liebe sie ...«

»Und wenn du's wüsstest? Dann auch noch?«

Sein Zögern erschreckte ihn mehr als die Frage. »... Ich ... ich kann mir nichts anderes mehr vorstellen ... könnte beides nicht mehr rückgängig machen ... die Liebe nicht und den ... Betrug.«

Sie nickte. Verstehe. »Hast *du* sie betrogen?«

»Klingt wie ein Verhör«, sagte er – die vier Worte benötigte er, um sich zu fassen, eine Konditionierung aus der verschlampten alten Zeit ... obwohl es in diesem Fall nicht einen einzigen Grund für schlechtes Gewissen gab. Nicht einen.

»Nein, hab ich nicht ... so war ich nicht immer ... und ja ... sie würde es spüren, das würde sie ... und warum sollte ich sie betrügen?«

»Aus Rache?«

»Dann wird's nur noch kindisch ... und dann?«

»Sie will ein Kind ... ihr wollt ein Kind.«

»Das war der Plan ... hat nicht geklappt.«

»Vielleicht ist der Plan das Problem.«

»Wie meinst du das?«

»Ohne Plan kein Problem.«

Das mag ja einleuchten, wer keinen Plan hat, kann sich auch an den Scherben des Scheiterns nicht verletzen.

»Aber hat nicht jede Sehnsucht einen Plan? Ich meine, hast du keinen Plan? Hat doch jeder.«

Jetzt löste sie sich endlich aus der Starre, ihr Blick begann zu wandern, was ihm eine Atempause verschaffte – für einen Moment aus dem Fadenkreuz.

»Ich warte auf die Dinge, die kommen. Die Tage, die Nächte, die Bücher, die Männer ...«

»Bücher und Männer?«

Sie nickte. »In dieser Reihenfolge. Die Theke hier ist eine Insel, weißt du, ich bin die Insel ... und viele, die hier längs kommen sind Erschöpfte ... haben schwere See hinter sich.«

»Mutter Teresa ...«

Sie schüttelte den Kopf.

»Werden hier auch Frauen angeschwemmt?«, fragte er.

»Selten.«

»Die wollen also keine Hilfe?«

»Die helfen sich selbst, liegt in ihrer Natur. Das wird immer klarer.«

Ihre Augen hatten ihn wieder festgenagelt.

»Ich bin also ein Schiffbrüchiger.«

»Sieht so aus.«

»Bücher und Männer … hast du mit vielen Männern …?«

»Das bringt mein Leben so mit sich, weißt du … lesen und vögeln … verträgt sich gut.«

Es gelang ihm nicht, die Zügel an sich zu reißen, sie war schwer zu durchschauen und immer einen Schritt voraus. Als sie vor wenigen Stunden noch in Mrs. Gleesons Busen geheult hatte, war sie ihm wie ein kleines Mädchen ohne Halt und Mut erschienen, und nun wieder diese alte Seele, souverän wie eine Fürstin, im Lolita-Aufzug. Woher kam die mächtige Ruhe? War's ihre Belesenheit? Die Zeit mit den Gleesons, ihre Abgebrühtheit, die von zahllosen Schauergeschichten herrührte, ihre Vogelfreiheit? Oder war es einfach der Sieg ihrer Kreatürlichkeit über strauchelnde Männer? Wie konnte ein so zartes Wesen, so unbekümmert, so viele Jahre überspringen, fragte er sich.

»Ich hab sie nur in mein Bett gelassen, nicht in mein Herz«, sagte sie schnell, als hätte sie seine Gedanken gelesen. So kann man's also überleben, dachte Tom. Das Herz außen vor, genau das Gegenteil vom dem, was er gerade selbst praktizierte.

»Aber wie geht das?«, fragte er. »Nie berührt sein?«

»Ich *bin* berührt ... von ihrer Welt, ihrer Schwäche, ihrer Kraft, ihrem Sex.«

»Du sprichst immer von der Mehrzahl, kann's nicht den Einen geben?«

»Vor dem hab ich noch Angst.« Er solle sie nicht falsch verstehen, sagte sie, es gehe nicht um den Klassiker, unter dem viele leiden. »Mein Vater hat mich nicht missbraucht«, bekräftigte sie, »ich hab ihn nämlich nie kennengelernt, hab ihn nie gesehen, auch kein Foto von ihm. Nichts.«

»Kommt mir bekannt vor«, sagte er.

»Den bösen Mann hat es in meiner Kindheit nicht gegeben«, fuhr sie fort, »und meine Mutter war eine liebe Trinkerin, ein leiser, weicher Mensch, der nicht mehr wusste, wohin mit mir, und so haben mich die Gleesons und ihre Bücher gerettet, ich habe durch sie leben gelernt und ... eigentlich auch das Sterben. Ich mag die Männer, ich meine, das ganze Geschlecht, weißt du, die bösen werden ja ausgesondert. Die guten bekommen von mir ein bisschen

Ruhe, die wieder auf mich zurückfällt, und irgendwann vielleicht ...«

»Doch ein Plan?«

»Wer weiß, Mann?« Lange Pause.

»Holst du das alles aus Büchern?«

»Auch ... aber ich bin ja nur ein Halbgreifer ... muss noch viel lesen ... das meiste lese ich aus ihren Augen und dem, was sie erzählen, und aus ihren Körpern, aus erster Hand.«

Dann begann sie zu erzählen, von den Gleesons und ihren gemeinsamen Reisen nach Europa, den »Schulungen«, wie sie es nannte. Von der Einführung der kleinen New Yorkerin in die Mysterien der Sprache, in die Köpfe großer Schriftsteller und in die Welten, die sie gesponnen hatten zwischen Herz und Hirn. Sie erzählte von einem lauen Abend in Bristol, als Lenny sie an die Docks mitnahm und sie wie ein aufgeregter Junge am Arm packte, als sie schließlich vor einem alten Viermaster standen, der im Gezeitenwasser des Avon River vor Anker lag.

»Stell dir vor, das hier wäre die *Hispaniola*, kurz vor der Ausfahrt«, hatte er gesagt, »und du wärst Jim Hawkins, mein Kleines. Diese Gegend, diesen Blick hatte Stevenson im Kopf, als er in seinem Krankenzimmer in Davos an der Lunge litt und von der Schatzinsel zu fantasieren begann, eine kleine Bubengeschichte für seinen Stiefsohn, nichts weiter, aber größer als alle Träume … Vielleicht ist er vor hundertvierzig Jahren, mit seinem kleinen Lloyd an der Hand, genau hier gestanden, wie wir zwei jetzt, Lucy, und hat seinen Jungen in den Zauber seiner Geschichte gezogen, genau hier.«

»›Und jetzt kippen wir uns einen hinter die Binde‹, sagte er dann, heiser wie ein verruchter Pirat«, fuhr Lucy fort, »und er hat mich in Englands ältestes Pub, gleich am Dock, geschleppt, den *Llandoger Trow*, eine Uraltkneipe aus dem 17. Jahrhundert. Long John Silver stand nicht mehr hinterm Tresen, aber es war leicht, sich ihn und seine wilden Gesellen in einer Brise aus Salzwasserwitterung und Rum in den Raum zu denken. ›Wir müssen uns Mut antrinken‹, hat Lenny geflüstert, ›weil ich was Verbotenes vorhabe mit dir.‹ Mann, denk ich, was wird das denn? Und tatsächlich, nach zwei Bieren (ich nur eines) und dem Einfall der Nacht führte er mich zurück zum Schiff, zum Viermaster, der im Schein der Kneipenlichter auf uns wartete. Ich war damals vierzehn, musst du wissen, und ich hatte Gänsehaut. Am Dock war Ruhe eingekehrt, vereinzelt flanierten noch Liebespärchen um die Mole, und als die Luft rein war, hievte er mich über die Reling. Es war schon nach Mitternacht und der Tidenhub fast am Höhepunkt. Ein paar Wellen klatschten an die Dockmauer, als wir an Bord schlichen. Der Kahn hatte Kalk und

Zementsäcke geladen. Zwei davon nahmen wir uns als Kopfpolster und platzierten sie gleich vor dem Bugspriet, um Einsicht in die ganze Takelage zu haben. Dann begann Lenny zu erzählen von den Schiffen der Ostindien-Kompanie, zeigte mir alte Stiche von Barken und Fregatten, die er wie kostbare Lesezeichen zwischen den Seiten seiner Spezialausgabe verwahrte, er beschrieb die rahgetakelten Masten, Besan, Fock, Großmast, was weiß ich, und von Winden sprach er, die so schnell einschlafen, wie sie gekommen sind, und von Strömungen und nervösen Kompassnadeln und auch davon, warum Seeleute die glücklichsten Menschen der Welt seien. Weißt du warum? Weil sie das Schaukeln aus dem Mutterleib für alle Zeiten in sich tragen. Darum. Ich hab das auch irgendwo gelesen, sie haben ihre Heimat, das Meer, immer ganz nah bei sich und das Schiff ist ihr Wohnzimmer, wo sie Seemannsgarn spinnen können bis in alle Ewigkeit.

Dann schauten wir eine Zeit lang wortlos in den Sternenhimmel, war ja eine tropenwarme Nacht. ›Und jetzt hör hinein in die Sinfonie‹, sagte Lenny, und wir hörten das Sirren und Singen in den Wanten, wenn Wind aufkam, das Gurgeln des Ebbstroms und das Seufzen der Sparren, als ob das Schiff sich strecken wollte in der schwülen Luft, und dann fing er an, flüsternd, aus dem roten, speckschwartigen

Buch zu lesen. Niemals, Mann, niemals hat ein Mensch so vollkommen meine fünf Sinne um sich versammelt wie Lenny in jener einen Nacht, niemals mehr, solange ich denken kann, obwohl ich eine Lucy war und kein Jim, verstehst du … er war ein guter Mann … ein Guter.«

Nichts konnte Lucys Redefluss bändigen, sie hing in einer Blase fest, die über die Jahre ihr eigentlicher Lebensretter gewesen war, und diesmal war's an Tom, in ihrem Gesicht zu lesen, und er wurde nicht satt und schließlich nüchtern genug, um zu begreifen, wer sie eigentlich war. Mag sein, dass sie hie und da geflunkert hatte, im Überschwang, aber wenn, dann so gekonnt, dass das Vergnügen an ihrer Rede größer war als die Skepsis über die geschönten Spuren, die sie ihm auslegte.

»Haben die Männergeschichten wirklich nie an dir genagt?«, fragte er sie aus dem Blauen heraus. Sie schüttelte nur grinsend den Kopf und schwenkte um, in die nächste Geschichte. Ihre Affären schienen weder ihrer Herzensgüte noch ihrer Hingabe einen Abbruch getan zu haben, das konnte er kaum glauben, weil es doch hieß, dass jede zurückgewiesene, missbrauchte oder gestohlene Verliebtheit Wunden hinterlässt, die so sehr am Herzen zehren, dass sich das Altern, für jeden sichtbar, beschleunigt. Aber auf sie traf das nicht zu, als dürfe sie unbefleckt bleiben und unberührt, auch von Demütigung, Bosheit und Lüge.

»Ich hätte eigentlich schon Feierabend«, sagte sie plötzlich, sie hatten beide die Zeit vergessen. Bis auf wenige, die sich mit Getränken eindecken wollten, war er die einzige Kundschaft des Nachmittags geblieben. Das *Drunken Horse* würde in nächster Zeit wohl geschlossen bleiben. Noch lahmte das Leben da draußen.

Inzwischen war es schon wieder dunkel geworden und Amy kam ihm in den Sinn. Schon die dritte Nacht ohne sie. Ein paar zerfetzte italienische Flüche lagen noch zwischen ihnen.

»Kommst du noch einen Sprung zu mir?«, fragte Lucy.

Er fühlte seine Lippen blass werden. Wie ein Stich zuckte die Frage durch sein Zwerchfell, nicht schmerzhaft, aber als greller Alarm, der ihm fürs Erste die Luft nahm. War das nun der Klassiker oder nur eine freundliche Geste ohne Hintergedanken? Allein der Umstand, dass er plötzlich ausführlich von Amy zu sprechen begann, war ihm Beweis genug, dass sein Hinterkopf ein Verführungsszenario nicht ausschließen wollte und schon erste Barrikaden zu errichten begann, gegen sich selbst nämlich, nicht gegen Lucy.

Sie gingen den ganzen Weg zu Fuß und Lucy versicherte ihm mehrfach, in der Dunkelheit ungern auf Begleitung zu verzichten, in Zeiten wie diesen. Die Kriminalstatistik New Yorks spreche inzwischen Bände, sagte sie, allein in der vergangenen Woche sei der Verkauf von Feuerwaffen um achtzig Prozent gestiegen. Diese Ansage nahm dem Alarm etwas an Dringlichkeit, ging es doch eher um Schutzbedürfnis als um Verführung. Sie hatte ganz einfach Angst, alleine nach Hause zu gehen, war Tom nun überzeugt.

Aber sobald sie im Aufzug voreinanderstanden, zu zweit allein, stellte sich wieder ein beredtes Schweigen ein, das ihn mehr verwirrte als alles zuvor. Sie sah ihn so unverwandt freundlich, ja fast zärtlich an (»Ich mag die Männer, ich meine, das ganze Geschlecht, weißt du«), dass ihm nichts anderes einfiel, als auf ihren Druck zu reagieren, indem er den Blick, den sie herausforderte, geschehen ließ. Die 15 blinkte auf. Ping. Mit einem unergründlichen Lächeln entließ sie ihn aus der engen, heißen Kabine – die Aircondition war defekt, wie so vieles hier.

In der Wohnung dampfte der schwüle Mief eines langen Tages. Alle Fenster auf und unter die Dusche, sagte sie, und war schon im Bad verschwunden. Tom öffnete alle Fenster, sog die Luft tief in seine Lungen und erlebte bald ein Déjà-vu, als sie kurz später wieder vor ihm stand, duftend, in ihren Morgenmantel gehüllt.

»Kannst gerne duschen, das Wasser ist noch heiß.«

Wie oft sie diesen Satz schon gesagt haben mag, dachte er. Diesmal nahm er das Angebot an. Unter dem Duschstrahl erfolgte die endgültige Ausnüchterung, aber das prasselnde Wasser auf seinem Körper brachte nicht die Ruhe und Gelassenheit, die er sich erhofft hatte, im Gegenteil, alle Sensoren waren alarmiert. Er sah in sein Spiegelbild. Ein Haufen von Toms, die alle etwas zu sagen hatten, glotzte ihn an – der schwache, verführte, der treue, verwirrte, der Mann der letzten Chance, der Richter, vor allem der Richter, und es entkam ihm nur ein scheues Bekenntnis: »Ich liebe dich, Amy ... das weißt du doch.«

Dann löschte er rasch das Licht, weil er sein Gesicht nicht länger ertragen konnte. Nur Lennys Bademantel hatte er an seinem Körper, als er ins Schlafzimmer trat. Lucy lag seitlich hingestreckt auf Marthas Seite, einen Schenkel leicht angezogen, ihre Wange an den angewinkelten Unterarm geschmiegt.

»Leg dich zu mir«, sagte sie ernst und tätschelte dabei mit der Rechten auf Lennys Seite. »Komm schon, ich tu dir nichts, wir reden nur ... Martha und Lenny sind gegangen ... wir könnten uns trösten.« Diesmal war ein Lächeln dabei.

»Du kennst ja meine Gefühle für meine Frau, ich meine, die Sache ist die, ich ...«

Wieder ihre Hand, die auf Lennys Seite tätschelte.

Und während Tom noch auf seine Liebe zu Amy pochte, begann der Überschwang seiner Beteuerungen über den Rand hinauszuschwappen, als wollten sie Lucy miteinbeziehen, was ihn verwirrte. Auch wenn es nur ein Hauch war, war er doch überzeugt, dass seine Gefühle für Amy exklusiv und nicht teilbar zu sein hatten, alles andere wäre inflationär, wertlos. Er hatte Amy geschworen, radikal zu sein in ihrer Ehe, nach den schlampigen Jahren davor. Warum sonst hätte er heiraten sollen, er wollte mit ihr alt werden. Wer sich diesen Ring über den Finger zieht, so war sein Credo, hat den Willen zur Vollendung, wenigstens den Willen, wenn schon nicht die Kraft. Oh ja, ein Rest Erbärmlichkeit schwang immer mit in seiner Selbstsicht. Er war jedenfalls kein Rimbaud und kein Verlaine, er war Thomas Maas aus Pötzleinsdorf – und er wollte ein Guter sein.

Und doch hielt sich sein Schuldgefühl noch in Grenzen, als wär's ein natürlicher Vorgang, was da gerade geschah, eine Vereinnahmung, außerhalb seiner Machtbefugnis. Er suchte nach einer Wand, Tapeten oder einem Holzkasten mit klaren Strukturen, vielleicht noch mal die Fliesen im Badezimmer, nur Klarheit, endlich. Aber zu spät, er lag schon neben ihr, den Morgenmantel bis zum Hals geschlossen, beide Arme lässig unterm Kopf verschränkt,

Blick zur Decke. Hoher Puls. Die einzige verlässliche Struktur war ein Kreisschatten, den die Nachtlampe an die Decke warf.

»Weißt du, sie ist das Fundament meiner Kraft.«

»Schön ist das«, sagte sie nickend, mit der Weisheit einer Ärztin, der Diagnose und Therapie längst klar sind. »Dreh dich zu mir, ich will dir in die Augen sehen, verliebter Mann, lass mich auch nippen am Nektar …«

Ihre kleine Hand umfasste dabei seine Wange und drehte sein Gesicht in ihren Blick – und er gab nach, drehte sich ganz zu ihr, beide in Seitenlage jetzt, Gesicht an Gesicht, sodass sich ihre Nasenspitzen fast berührten. Sie konnten gegenseitig ihren Atem spüren, der sanft um die Münder strich, so warm und weich, wie sich ihre Haut, ihr weißes Fleisch anfühlen musste, unter diesem rosa Mantel. Die Gewissheit, dass sie ihm im Moment alles erlauben würde, dass es keine Schranken gäbe, dass hier ein Festmahl bereitet wäre, das beide zelebrieren könnten in selbstvergessener Lust, machte für einen Moment sein Gewissen taub – sie war der Souverän, das zauberische Geschöpf, das neugierig Spiele spielen durfte, angst- und vogelfrei und offen wie das Tor zur Seligkeit. Ihre Lippen, ihre Zunge in seinem Mund, der neue Geschmack, die neue Geschichte, die neue Frau, so nah, dass er mit einem Mal die Fassung verlor. Er spürte, wie sein Waggon sich abkoppelte vom restlichen Zug. Er wurde nicht hart, nicht hart genug, da war nur ein ratloses Pumpen, ein zögerndes Verharren, als säße Amy hinter ihm auf der Bettkante und tippte ihm auf die Schulter, lass es, Geliebter, lass es ... die Kompassnadel zuckelt, zu viel Ablenkung beim Rudergast.

Und als hätte Lucy denselben Gedanken, flüsterte sie: »Lass dich gehen«, strich ihm und sich die Frotteemäntel von der Schulter und schließlich ganz vom Leib. Es geschah alles so geschickt, routiniert und gleitend, dass Amy erst wieder auftrat, als Lucy ihre Schenkel weit spreizte, seine Hüften fest umschloss und an ihren Schoß zog. So lag er, nackt, gefangen in ihrer warmen, weichen Mitte, während Amy noch immer an der Bettkante saß und ihm zuraunte: »Hat dich der Sirenengesang doch noch rumgekriegt ... ach weißt du, Tom – Odysseus hat sich wenigstens an den Mast fesseln lassen ... hast du nicht geschafft, armer, schwacher Mann.«

»Wer hätte mich denn fesseln sollen?«

»Dein Kopf, verdammt, dein Kopf!!!«, rief Amy. Toms Konzentration war längst beim Teufel. Auch Lucy spürte, dass die Sache zu entgleisen begann, buchstäblich.

»Verzeih ... es geht nicht. Ich kann nicht, ich bring's nicht«, sagte er schließlich. Lucy löste ihre

Umarmung und küsste seine Stirn, mit einer sanften Sorgfalt, als wär's eine Geste der Absolution.

»Kommt nicht oft vor bei dir, hm?«, fragte er benommen. »Ich … finde dich … begehrenswert, das weißt du … aber …«

Es war ihm peinlich und gleichzeitig recht so, wie's ging.

»Mach dir keine Gedanken«, unterbrach sie ihn mit einem fürsorglichen Seufzer.

»Zu viele.«

»Ich weiß.«

Toms erste Niederlage, die ihm wohltat, weil sie Klarheit schaffte.

»Du bist ihr treu geblieben … alles ist gut«, sagte sie ernst.

Er schüttelte den Kopf. »Nein … mein Kopf ist der Verräter.« Er spürte, wie sich augenblicks sein Zwerchfell wölbte und den Puls beschleunigte, ein Zustand, den er aus früheren Zeiten kannte, als sein Gewissen noch überladen war von Ränken und Lügengeschichten, die er zwischen Liebschaften konstruierte, die sich nur um Eitelkeit und Neugier gewunden hatten. Gebrochene Schwüre, vertanes Vertrauen, Affären abgehakt, wie eine To-do-Liste. Am Ende solcher Ketten war immer zu befürchten, dass auch Scham und Demut beim Teufel landen. Er küsste Lucy auf die Stirn, auch für sie die Absolution, dann rollte er sich weg von ihr und blieb an der Bettkante sitzen, von der Amy gerade noch gerufen hatte, fuhr sich mit beiden Händen durch die Haare und verharrte in gebeugter Stellung, das Gesicht vergraben in den Armen, bis sich der Schwindel legte.

Lucy ging mit ihm bis zur Tür und umarmte ihn, lange und innig, wie einen Bruder. Und wie sie so standen, eng umschlungen, wie ein Paar nach langer Reise, umfasste sie eine leise, tröstliche Trauer.

IX

Am nächsten Morgen sagte Amys Anrufbeantworter noch immer nichts. Tom saß, wie aus den Wolken geholt, vor dem antiquierten Gerät und begann mit den Fingerspitzen seine Konturen nachzufahren, zärtlich fast, als wär's die mechanische Verlängerung ihrer Seele. Nein, das Bild einer Amy, die von der Bettkante einer Konkubine in sein Ohr flüstert, um ihn zu bekehren, wollte er löschen für alle Zeit. Wir sollten reden, Amy, klar Schiff machen, neu auftakeln und den Scherwinden ausweichen, wo es geht.

Er stand auf, trat unschlüssig ans Fenster und sein Blick flog über den Ozean der Wolkenkratzer hinüber zu den neuen, trotzigen Türmen auf Ground Zero, die eine altbekannte »Alles ist möglich«-Philosophie mit neuen Fundamenten unterlegten, als wollten sie sagen: Ihr könnt uns nicht kleinkriegen, denn wir kommen wieder, und zwar größer als je zuvor.

Er erinnerte sich an die Zeit, in seinen frühen Zwanzigern, als ihm die ersten Eindrücke dieses Landes ins Hirn gefahren waren wie ein zu üppig gedrehter Joint. Es war eine schwärmerische, närrische Liebe zur Wildheit und Größe des Kontinents, zur Unfassbarkeit seiner Größe, als er an seinem zwanzigsten Geburtstag zum ersten Mal die Route 66 gefahren war, in einem alten Chevrolet mit zurückgeschlagenem Verdeck, Neil Young, Eric Clapton und all die Götter bis zu den Ramones im Speaker, und dabei ganze vier Stunden durch New Mexico gebraust war, auf dem Gaspedal ein Ziegelstein, der ihm die Arbeit abnahm, die Beine gespreizt über der Frontscheibe, das Lenkrad zwischen den Schenkeln, auf seinem Weg zum Pazifik, dem Vater aller Größe. Bei Claptons *White Room*-Solo flog er in den Noten mit, eingekapselt in jeden Ton, wie ein Passagier im Roller Coaster, angeheizt von der Weed-Tüte in seinem Mundwinkel. Die Welt am Arsch vorbei ... Beißender Fahrtwind an der Stirn und die Gewissheit im Kopf, dass alles, was er hier sah und roch, eines Tages Teil seines Lebens werden würde.

Was hier in New York frech und maßlos in den Himmel stürmt, wie eine bizarre Geschwulst, erschien ihm schon damals wie das architektonische Spiegelbild zu den roten Felstürmen und Kathedralen, die Tektonik, Wind und Wasser in die Erde des

Westens gefräst hatten. Die Welten ähnelten sich tatsächlich und es schien ihm, als hinterließen die Städte wie auch die Wildnis Spuren in den Seelen der Menschen, die hier lebten, als verleihe ihnen allein der Anblick ihrer grandiosen Wirklichkeit eine weltläufige Mündigkeit. Ein Eindruck, der sich allerdings schnell relativiert hatte, als ihm klar wurde, dass für die meisten hier die Welt nur aus Amerika bestand und der größere Teil der Einwohner selten bis nie im Ausland gewesen war. Ein Faktum, das Menschen offensichtlich kurzsichtig und xenophob machen konnte und Tom zusehends beunruhigte. Und doch brachte er im Angesicht der Wüsten und Canyons und auch in den Häuserschluchten Manhattans immer noch Verständnis auf für ihren Stolz und die unstillbare Sehnsucht nach Größe, mit der die Menschen hier geschlagen waren, als wäre ihr Dasein ein inspirierender Reigen zwischen Natur, Kreativität und Selbstbehauptung.

In jenen Tagen aber, draußen auf den endlosen Highways, war jedes Sentiment erlaubt, war »America« seine ewige Freundin geworden, und er ahnte, dass ihm eines Tages eine Frau aus dieser Welt von hinten ans Herz fassen würde. So war's denn auch geschehen, als gäbe es einen Plan. Aber kein Schicksal lässt sich mit Zirkel und Kompass steuern. Er hatte seine Lektionen gelernt. Die Dinge laufen ungefragt aus dem Ruder. Und nun schien alles in der Krise – die Ehe, die Liebe, das Land, die Welt. Als wäre der Menschheitsbus gegen eine Wand gefahren, die keiner rechtzeitig gesehen hatte. Hiobsbotschaften überschlugen sich, Massendelogierungen stünden an, hieß es, im schlechtesten Fall könnten vierzig Millionen Amerikaner betroffen sein. Nicht auszudenken, sollten die Ausrangierten und deren Wut zu den Waffen greifen.

Unter seinem Fenster rotteten sich wieder Zornige zusammen. Er ging hinaus, mischte sich unter sie, ließ sich treiben. Nicht nur einmal hatte er bewaffnete Weiße vor ihren Haustüren stehen sehen, die mit Pistolen und Gewehren im Anschlag auf vorbeimarschierende »Black Lives Matter«-Demonstranten zielten, schweigend und entschlossen – amerikanische Bürger, die einander mit dem Tod bedrohten. Es war so verstörend, dass er sich für einen Moment in eine Seitenstraße verzog, sich auf den Gehsteig setzte, um das Bild zu verdauen. Inhumanität begann etwas Normales zu werden, und das Weiße Haus war die Quelle. Und wenn tatsächlich alles zerbrechen sollte, wenn aus dem Medienkrieg ein Bürgerkrieg würde, was dann? Was, wenn sich der Kriegsstaub verzogen hat? Wie immer war Tom das Worst-Case-Szenario näher als alles andere.

Er begann wieder in sein Notizbuch zu schreiben, was ihm die Bilder diktierten. Den Zauber einer großen Vergangenheit könne man nicht mehr bannen, schrieb er, die Goldgräberzeiten waren vorbei, fossile Schätze verbat sich die Ökologie und die Rohstoffe für die Roboterzukunft lagen im Bauch anderer Kontinente – was also sollte der Humus sein, aus dem noch Authentisches wachsen könnte, für das neue große Amerika, das so hartnäckig beschworen wurde? Wie oft hatte er diese Themen mit Amy gewälzt, mit immer derselben Frage zum Schluss: Was werden die letzten Ressourcen sein? Genius und Abenteurertum in Silicon Valley und der Größenwahn? Bei solchen Sätzen konnte sie sehr störrisch werden, gekränkt, laut und auch wütend. Europäische Chuzpe sei das, die Arroganz des alten Kontinents, des verschlafenen, Hybris der Vergangenheit, verbitterte alte Dame und all das … dagegen stünde die Fantasie der Jugend, gab sie zu bedenken, er werde es erleben … Dieser Überlegungen war er schon überdrüssig, denn die beiden hatten solche Szenarien oft genug durchgekaut, tagelang, nächtelang. Wobei Amy stets die Gewandtere war, die Reifere, beschlagen mit listiger Anwaltsfinesse, das war ihm längst klar, ohne es je eingestanden zu haben. Sie focht mit dem Florett, wenn er zum Holzhammer griff, und sobald er sich auf einen Disput einließ, war sie im Vorteil und strafte seine flammenden Versuche, zwischen These und Antithese auf einen grünen Zweig zu kommen, mit einem Blick teilnahmsloser Weisheit. Eine Demütigung, die ihn oft rasend machte und ihm gleichzeitig riet, sich einfach ihrer entwaffnenden Klugheit zu ergeben, ohne sich gleich als Verlierer zu fühlen. Nicht selten hatten diese kleinen Schlachten dann im Bett geendet, in versöhnlicher Lust, kein Atlantik mehr zwischen ihnen, nur Einklang und geheimnislose Hingabe.

Dieser Gedanke zog ihn heim, ins Townhouse, in seine Wohnung. Er stellte sich wieder ans Fenster, schloss die Augen und sorgte sich wie einer, der eine zweite Heimat gefunden hatte. Nach langen Minuten wandte sich sein Blick, wie von Geisterhand geführt, zum alten Festnetztelefon hinüber und zum verstaubten Anrufbeantworter, der noch immer schwieg. Wenn, dann würde sie über dieses Gerät anrufen, weil sie dann sicher sein konnte, dass er sich tatsächlich in der Wohnung befand. Sollte es so sein, wäre eigentlich ihre Eifersucht das Motiv, nicht das Handy anzuwählen, sagte er sich. Er klammerte sich fest an dieser Version, sie schmeichelte ihm. Und während er noch grübelte, stand er schon, ohne sich der paar Schritte bewusst gewesen zu sein, vor dem ominösen Kästchen. Amy. In diesem Moment hatte er das Gefühl, als kündige sein nervöses Innenleben eine Wende an, die schon lange anstand. Alles, was er für sie empfand, hatte sich um ihn versammelt wie ein Flüsterchor, der ihm vielstimmig befahl, endlich den Hörer in die Hand zu nehmen. Und exakt in dem Augenblick, als seine Hand das barocke Ding von der Gabel nehmen wollte, klirrte, noch im Abheben, für ein Sekündchen der altmodische Klingelton in den Raum und aus der Muschel drang schon Amys Atem – als gäbe es doch eine Telepathie der Vertrauten. Er musste sich setzen und sich fassen, ein paar Sekunden nur Atmen – dann überlappend: »AmyTom« – ineinander lagen die Namen und die Stimmen, sechs verkeilte Buchstaben, unsicheres Lächeln, dann wieder nur Atmen. Ratlose Befangenheit und all die Argumente, die während der vergangenen Tage im Clinch gelegen waren, standen ungefragt im Raum, genauso wie Liebesschwüre und Verzweiflung. Wie zusammengejocht standen sie vor dem Karren, der aus dem Morast gezogen werden musste.

»Ich liebe dich«, sagte er. Wie oft hatte er Angst, sie könnte diesen Satz eines Tages nicht mehr erwidern, er stünde allein mit ihm und sie würde schweigen – es würde ihm den Boden von den Füßen reißen.

»Ich liebe dich«, sagte sie. Die Sehnsucht war größer als alle Zweifel. Für eine Weile hörten sie nur ihrem Atem zu, ohne vom Schweigen unangenehm berührt zu sein, im Gegenteil, sie genossen das Fehlen der Worte und die Geräusche ihrer Münder, so nah am Ohr, und sie wussten, keiner von beiden würde jetzt auflegen – erschöpftes, befreites Ausatmen in beiden Muscheln.

Nach einer langen Weile sagte sie: »Tom.«

»Amy.«

»Wir sollten uns sehen.«

»Ja, wir sollten uns sehen.«

»Wo?«

»Anderswo.« Sie musste schmunzeln.

»Gut. Lass uns in ein Hotel gehen, irgendwo in der Stadt.« Schnell und fordernd kam dieser Satz, als ginge es um Sekunden.

»Ein Hotel. Gutgutgut.«

Er hatte ihr Sprechtempo übernommen, keine Zeit verlieren, genug vertan. Das Leben ist anderswo. Seine Sehnsucht fühlte sich so fiebrig an wie die ihre.

Ein kleines, unscheinbares Hotel in der 23rd, das seit den Lockerungen wieder geöffnet hatte, sollte es sein, also gleich um die Ecke, keine langen Distanzen mehr, genug davon. Er war im Laufschritt unterwegs und sehr erstaunt, als Amy fast gleichzeitig mit ihm vor dem Hotel eintraf, auch sie zu Fuß und außer Atem, also musste sie schon während des

Telefonats ganz in der Nähe gewesen sein. Diese Erkenntnis erregte ihn noch mehr als ihr Anblick. Es war ein stürmischer Tag. Ein luftig-leichtes Sommerkleidchen, schwarz-weiß getupft, flatterte frivol um ihre Schenkel, sie musste es mit beiden Händen im Schritt bändigen, um nicht ihre Blöße zu zeigen. Wie Marilyn selig. Sie lachte laut auf. Dann trippelten sie eng aneinandergepresst durch die Drehtür und standen keuchend vor dem Rezeptionisten, einem älteren Herrn, schwarzer Anzug, schwarze Krawatte, strenger Scheitel, hohe Stirn. Er musterte sie missbilligend, als wären sie eine Kurzbekanntschaft, die nur schnell zur Sache kommen wollte, eines dieser One-Night-Stand-Pärchen, die hier offenbar nicht willkommen waren. Sie kannten dieses Hotel nur vom Vorübergehen, es war unscheinbar, und es zu betreten, wäre ihnen nie eingefallen. Als die beiden schließlich ihre ID-Karten zeigten, löste sich der argwöhnische Blick des Concierge in Wohlgefallen auf – ein Ehepaar, wie schön. Er schob ihnen lächelnd das Gästebuch unter die Nase.

Während Tom ihre Namen in die Formulare schrieb, sah sich Amy um und begriff augenblicks, woher die Skepsis beim Empfang rührte. Sie glaubte sich beim Anblick des Ambientes, das aus der Zeit gefallen war, in einem anderen Leben – hätte doch jederzeit ein Strauß Prälaten hereinschneien können, zu Andacht und Gebet. An den Wänden hingen Gemälde und Fotografien verstorbener und lebender Bischöfe, Kirchenfürsten und Päpste, Kruzifixe in jedem Winkel. In einem Seitenarm des Foyers lag eine Kapelle mit Betbänken, durchflutet von dämmrigem Licht, das durch Bleiglasfenster (mit kirchlichen Motiven) in den Raum drang. Eine katholische Diaspora, ging's ihr durch den Kopf, als hätte der liebe Gott in diesem gewienerten Schlupfwinkel eine makellose Heimstätte gefunden, versteckt in einem Hotel, gehüllt in Weihrauch und Bohnerwachs – oder war es Myrrhe –, jedenfalls atmeten diese Mauern den Odem der letzten Getreuen. Amy musste an ihren Großvater denken, der hier einen Bildersturm entfacht hätte, der alte Calvinist, der alle Päpste in der Hölle hätte schmoren lassen, und in Tom kamen Erinnerungen an eine kurze Internatszeit im Himmelhof auf, als er sich umdrehte und auch sah, was er roch ... Sie waren an einem Ort der Kontemplation gelandet, der nach Exerzitien duftete und stiller Einkehr, nach Kartoffelschalen, Rasierwasser und Kernseife. Was im ersten Moment desillusionierend wirkte im Hinblick auf das, was sie vorhatten, hatte auch einen gewissen Reiz, denn der Vorsatz, unanständig sein zu wollen, bekam hier, im Tabernakel der Keuschheit, gleich viel mehr Schwung.

Kaum war die Zimmertür hinter ihnen ins Schloss gefallen, fasste Toms rechte Hand das Kleidchen am Saum und zog's ihr über den Kopf, während seine Linke den Schlüssel noch zweimal bis zum Anschlag drehte. Mit dem letzten Klack und der Sicherheit, endlich ungestört zu sein, war sie bereits nackt, und er kniete vor ihr, sein Gesicht in ihren Hügeln vergraben. Sie fuhr mit beiden Händen durch seine Haare, hielt ihn entschlossen am Schopf, lehnte sich rücklings an die Tür, Kopf im Nacken, Zunge an den Lippen, die Augen geschlossen, drückte ihn an ihre Rose und spürte, wie ihre zitternden Knie nachgaben und sie allmählich absackte auf sein Gesicht, bis es verschwunden war unter ihrem Schoß. Im selben Moment mischten sich hallende Schritte, Männerschritte vom Gang draußen, in ihr Stöhnen. Sie schloss ihre Schenkel, machte ihn stumm, und so verweilten sie lange Sekunden, unterdrückten ihren Atem, so gut es ging, und lauschten hinaus. Der Mann am Gang hielt ebenfalls inne, als wollte auch er lauschen, dann näherten sich seine Schritte der Tür, sie konnten seinen rasselnden Atem hören und ein Ächzen, als er sich offenbar auf die Knie beugte, um etwas unter dem Türspalt durchzuschieben, etwas aus Kunststoff oder Karton, das in Amys nackten Hintern piekte und in Toms Stirn. Dann entfernten sich die Schritte wieder und Tom konnte endlich

Luft holen. Sie öffnete ihre Schenkel und hielt ihm einen Türhänger vor die Nase, auf dessen Vorderseite in kalligrafischer Schrift um Frühstückswünsche gebeten wurde. Sie wunderten sich über das seltsame Timing des Herrn da draußen, weshalb Amy nochmal leise die Tür öffnete und hinausspähte, um auch sicher zu sein, dass die Luft nun rein war.

Sie mussten kichern wie Teenager und entschlossen sich rasch für einen Stellungswechsel, um einen weiteren Interruptus zu vermeiden. Tom zog, bis auf einen kleinen Lichtspalt, die schweren Vorhänge zu, um auch vor Fernrohr-Spannern gefeit zu sein. Sie sprachen dabei kein Wort miteinander, keiner von beiden war gewillt, seine Konzentration zu verlieren, sie ließen sich keine Sekunde aus den Augen und drängten diesmal Richtung Bett. Jetzt endlich lagen sie in ihrer intimsten Klause, aus keinem Winkel mehr einsehbar. Als sie wieder begannen sich zu lieben und Tom schon in ihr wühlte, fixierte Amy die goldumrahmten stillen Beobachter an den Wänden – Großvaters Widerpart: die Kardinäle, die Päpste, die strengen Augen der Inquisition. Sie lächelte, voller Lust und Verschworenheit, und bemitleidete sie für die Askese, der sie sich verschrieben hatten. Ihr alle, dachte sie, ihr hohen Herren, was ängstigt ihr euch – küss mich, küss mich, fuhr Tom dazwischen –, selbst ihr seid nicht durch

Keuschheit in diese Welt gekommen ... Sie spürte Tom in sich, er war schon auf dem Weg, fordernd und warm, sie ließ ab von den Bildern an der Wand – jetzt die Augen schließen, ihr Büßer! – und sie ließ sich fallen ins Fleisch, das heute so verlässlich war.

Als Tom erwachte, lag er allein im Raum. Amy hatte auf einem Schreibblock eine Nachricht hinterlassen: »Bin gleich zurück ... Besorgungen, weißt ja ... Küsse, Küsse.« Er setzte sich auf im Bett, sah sich um, Amys Duft schien sich in allen Ritzen verfangen zu haben und er begann sich immer mehr daheim zu fühlen hier, in der Diaspora – auch das Zimmer schien ihn zu mögen, keine Melancholie, keine Entweihung. Die Liebe war da.

Er sank immer wieder in kurze Schlafphasen, durchzogen von wirren Träumen, und realisierte mehr und mehr, dass sein Nomadisieren durch die Welt längst zu einer Sucht geworden war, mit klassischen Symptomen und Entzugserscheinungen, und dass der Adrenalinkick zwar nicht ständig, aber immer öfter ein Antrieb zur Flucht vor einer Wirklichkeit geworden war, der er sich noch nicht gewachsen fühlte. Er hatte Angst, sich eines Tages in einem statischen Spießerleben wiederzufinden, den Weltgeruch zu verlieren, zu verwelken in einem geräuschlosen Abseits. Gleichzeitig sah er sich als ewigen Kindskopf, der Angst hatte vor dem endgültigen Erwachsenwerden. Immer getrieben von der Sorge, noch nicht bereit zu sein für die alltäglichen Dinge, auf der Flucht vor dem wirklichen Leben – dem Familienleben, dem Vatersein, den Verantwortungen der Alltage und getrieben auch von der Sorge, am Ende abgehängt und ausrangiert zu werden. Dabei spürte er eine tiefe Sehnsucht nach Heimat, wo und was immer das sein mochte. In jeder Heimkehrphase wurde ihm klar, wie es ihm von Mal zu Mal schwerer fiel, zur Ruhe zu kommen und den Dreck wieder loszuwerden, den er für die Welt aufzubereiten hatte. Seine Schutzschilde funktionierten nicht mehr. Wie frei flottierende Angst schafften es die dunklen Bilder immer wieder an die Oberfläche, jetzt auch Lenny und Martha, als wäre sein Dilemma erst durch den weltweiten Stillstand schlagend geworden, indem sein Körper zu sprechen begonnen hatte und Entgleisungen in seinem System zuließ. Keine Reisepläne mehr, der Kalender war leer. Der Albtraum und das Herzflimmern in Poughkeepsie vor drei Tagen waren ihm eine ernste Warnung gewesen. Amy hatte sich aus demselben Grund schon viel früher von diesen Reisen verabschiedet, um in ihrer Kanzlei geregelte Abläufe und Ruhe zu finden. Nach längeren Aufenthalten in Krisengebieten hatte sie mit Sorge Veränderungen in seinem Wesen registriert, er konnte dann schwanken zwischen verschreckten Wutausbrüchen und völliger Lethargie. Oft genug dauerte es mehrere Tage, bis er sich wieder im Zaum hatte und in ruhigere Gewässer kam, in der vagen Hoffnung, sie würde die Ansätze seiner Verwahrlosung wieder zivilisieren.

Wo blieb sie nur so lange? Die Sehnsucht nach ihr hatte schon eingesetzt, als er erwacht war und dabei ins Leere griff, sie wollte nur ein paar Besorgungen machen, zwei Zahnbürsten, Zahnpasta, ihr Parfum, um die Kernseife zu vertreiben, ein bisschen Obst, italienische Salami, ein Baguette und Rotwein, plus Korkenzieher. Europäisches Bett-Picknick. Der Aufbruch der beiden war so überstürzt gewesen, dass nachgerüstet werden musste. Noch waren sie nicht erschöpft, im Gegenteil, die erste Begrüßungsrunde hatte sie nur aufgeladen für einen langen Flug.

Er hörte Schritte draußen, Amys Schritte, und er war außer sich, fiebrig, allein vom Geräusch ihrer Stilettos. Solcherart Erregtheit war ihm bisher fremd gewesen, das verwirrte ihn, er war ihr ausgeliefert, hilflos und hündisch. Als sie ins Zimmer trat, stand er schon nackt vor ihr, nahm ihr das Zeug ab, warf es auf die Couch und zog sie zum Bett. Sie sah Ernst und verzweifelte Lust in seinem Blick, ein Schuss Angst fuhr ihr durch den Bauch, aber noch mehr

Erregung. Er wollte ihr sagen, was gerade vor sich ging, aber er brachte kein Wort hervor. Ein starker Schwindel überfiel ihn, Flimmern vor den Augen und er ließ sich rücklings aufs Bett fallen, setzte sich wieder auf, zog sie zu sich und in einem Zug ihr Kleid vom Leib, darunter war sie nackt, hatte die Einkäufe ohne Unterwäsche erledigt. Sie genoss seine Verwirrung und hielt ihm all ihre Kostbarkeiten hin, indem sie sich tänzelnd vor ihm drehte und wendete, mit zierlicher Grazie. Hier meine Hüften, mein Arsch, meine Brüste, mein Bäuchlein, meine Rose. Ohne Worte. Er schnüffelte in ihre Nischen, endlich ihre Haut, ihr Fleisch, suchte ihre Lippen, sog ihren Atem ein, als hinge sein Leben daran, er packte sie an ihren Backen, hob sie, ungeduldig und grob, auf seinen Schoß, drang in sie, die schon bereit war, ein, presste sie mit aller Kraft bis zum Schaft und sie schaukelten sich, ineinander sitzend, verschlungen zu einem einzigen Körper, in einen Rhythmus, den sie bestimmte, drängend und hart.

Er begann im Stöhnen sinnlose Wortfetzen zu stammeln, verkrallte sich in ihr wie ein Ertrinkender, sog sie in sich, alles was er in den Mund bekam, Lippen, Zunge, ihre Brüste, endlich sie und ihre Säfte, endlich Amy – aber irgendwelche Fratzen störten, grimassierten über seine Schulter, und grinsende Clowns vom Brückengeländer – dahinter gingen die weißen schönen Söldner im Gleichschritt, die er losgeschickt hatte, über die Brücke, Unbewaffnete, ein entschlossener Zug, alle in eine Richtung, immer schneller, schneller, dazwischen klatschte Lenny auf den Asphalt, einmal, zweimal, Tom vergrub sein tränennasses Gesicht in ihrem Busen, hielt sich mit aller Kraft an ihrem zornigen Becken fest, um nicht zu ersaufen in diesem Alb. Er hörte sich beten und schluchzen, tief in ihr, nicht nur mit seinem Schwanz in ihr, mit allem, mit seinem ganzen Körper, in ihren Bauch hinein, in ihren warmen Bauch, rosa Schaum, zerfließen und weg – Mama, weinte er, lösch mich, und alles im Galopp, die Hufe in den Wolken, die Zügel verschmissen, wie ein kleines Kind heulte er, ohne Scham, ganz laut, und ins Weinen kam ein Lachen, das er nicht mehr halten konnte, und mit ihm die Erregung zurück, als sie ihn wieder in ihren Rhythmus zwang und endlich alles ineinander floss – die kleinen Tode stirbt man taub und weg von der Welt.

Sie fielen auseinander, wie gefällte Bäume, still und fröstelnd, weg von allem. Stumm lagen sie, stundenlang, wie weggeworfene Gegenstände im Schummer des Nachmittags.

Ihre Körper lagen noch immer nackt und warm, als am Ende der Nacht die Stadt von Neuem zu leuchten begann. Amy war schon wach, als er die Augen aufschlug. Sie hatte sich im Liegen ganz nah an ihn herangerobbt und im Gleichklang mit ihm geatmet. Noch bevor er seine Augen öffnete, wusste sie, dass er längst wach war, und er wusste, dass sie es wusste, ein spöttisches Grinsen um seinen Mund hatte ihn verraten, sie kannten ihre Körper zu gut und genossen ihre Vertrautheit, die nie Routine geworden war. Schließlich legten sie sich wieder ineinander und liebten sich und schliefen ein und liebten sich wieder, bis der Hunger kam. Sie hatten beide noch kein Wort verloren bis zu dem Moment, als Amy das Baguette in zwei Teile brach. Allein das Geräusch und der entströmende Duft des Teiges ließen ihnen das Wasser im Mund zusammenlaufen.

»Weißt du, woran ein echter Franzose gutes Brot erkennt?«, fragte sie.

»Duft? Form? Konsistenz? Preis?« Mit jedem Fragezeichen küsste er ihr rosiges Gesicht ab.

»Am Klang der Kruste«, sagte sie langsam und feierlich, wobei sie »Klang« ins explizit Französische verbrämte. Das *Le Pain Quotidien* in der 40th gleich ums Eck zur 6th Avenue hatte für wenige Stunden geöffnet, ein Segen, den immer mehr New Yorker zu schätzen lernten. Die beiden bissen genüsslich und unfein in ihre Baguette-Hälften und grinsten sich an wie verliebte Jungspunde, nickten sich zu, als wollten sie sagen: Gut, das war der erste Schritt zum Frieden. Aber noch war es nicht ausgestanden. Das andere Duell stand noch bevor. Sie saßen nackt im Lotussitz voreinander, wie Inder beim Gebet. Zwischen ihnen das Baguette, zwei Rappen weißer Trauben, Salami und Rotwein. In beider Augen lag die Vorbereitung für eine Verhandlung, wie ein Schlachtplan für das entscheidende Spiel. Sie kauten und belauerten sich mit Blicken, die zwischen Neugier, Argwohn und Lust schwankten. Sie reichte ihm die Salami am Stück.

»Kein Messer?«, fragte er.

»Hab ich vergessen. Beiß zu!«

»Beiß du.«

Sie biss hinein, lasziv, aber zu hungrig, um weiter damit zu blödeln, und überließ ihm das andere Ende. Dann wurde der Wein geöffnet, kultiviert, mit Korkenzieher. Um zu Gläsern zu gelangen, hätten sie ihre angenehme Stellung wechseln, den Augenkontakt unterbrechen müssen. Das hätte die Spannung genommen, und außerdem hätten die ziselierten Gläser aus dem Bad den vulgären Stil gebrochen, für den sie sich gerade entschieden hatten. Also tranken sie aus der Flasche. Sie kamen schnell zu Kräften, vertilgten große Bissen, tranken lange Schlucke, bäurisch und fröhlich. Amy war schon leicht betrunken – wie immer trank sie zu schnell und verfiel in ihren ungezogenen Slang, frivol und übermütig, warf Trauben in die Luft und fing sie mit dem Mund, küsste ihn, um die Frucht mit zwei Zungen zu zermahlen. Sie war glücklich, zu glücklich, um ihm jetzt schon seine Beichte abzunehmen oder ihre eigene Geschichte zu erzählen, die ihr durchaus im Magen lag. Aber sie waren sich, unausgesprochen, im Klaren, dass ihre Ausflüge nicht begraben werden durften, sie könnten Wurzeln schlagen, unten im Erdreich, und Unkraut zum Sprießen bringen, eines Tages. Nein, es musste raus, musste besprochen werden, um klarzusehen, aber noch nicht jetzt, im Übermut der Versöhnung. Sie ließ sich zurückfallen in ihr Kissen, spuckte noch zwei Trauben in die Luft und fing sie wieder im Liegen, mit offenem Mund.

»Aaach, weißt du … ich liebe dich«, stöhnte sie kauend – er glaubte schon ein Quäntchen Verzeihen aus den beiden Sätzen zu hören –, dann drehte sie sich wie ein schläfriges Baby auf den Bauch und schlief auf der Stelle ein. Er saß nur da. Er saß da und betrachtete ihre Nacktheit, andächtig, und fühlte tiefen Frieden, durchdrungen von einer Wohligkeit, die nicht nur Wein und Salami, Trauben und Brot durch seinen Körper schickten, sondern vor allem ihre bloße Anwesenheit, die er beschützen durfte.

»Ich liebe dich auch«, sagte er leise, aber sie hörte ihn nicht mehr. Wenn ich nur malen könnte, dachte er. Sie lag vor ihm wie eine Landschaft, eine Einladung, einen Schenkel leicht angezogen, wie Lucy im Bett der Gleesons, anmutig und frech, als wär's von Rimbaud. Er stand auf, ging ans Fenster und machte den Lichtspalt, der zwischen den Enden des Vorhangs ins Zimmer drang, etwas breiter, um so Amys Rückseite von den ersten Lendenwirbeln bis hin zur Kniebeuge in den Strahl der Nachmittagssonne zu tauchen. Ihre Formen lagen wie die lebenden Dünen in der algerischen Sahara, perfekt gezirkelt vom Wind. Die weichen Linien ihrer Schenkel und die Kuppen ihres Hinterns im satten Licht, wie ein Schrein, den er exklusiv anbeten durfte. Gesundes, leuchtendes Leben. Meine Frau, flüsterte er, meine Geliebte. Ein kurzes Gebet kam ihm über die Lippen, nichts Liturgisches, nur Gestammel aus dem Herzen. Warum sollte er sich zurückhalten, in diesem Raum stand jetzt die Zeit still, keiner sah ihn, keiner hörte zu, die paar Augenblicke Entzücken gehörten ihm allein, es gab keinen Tod und keine Krankheit mehr, keinen Zerfall, kein Sterben, nur Ruhe und Schönheit, die hellen Schein verdienten. Wo es keinen Tod gibt, gibt es nur Leben und Licht. Er kniete, mit den Händen abgestützt, gespreizt über ihr, strich mit seiner Nase über jeden Zentimeter ihrer

Haut, über alle Spältchen und Hügel, ohne sie zu berühren, ein einziger langsamer Atemzug, ohne auszuatmen. Dann setzte er sich so geräuschlos wie möglich auf einen Stuhl, platzierte ihn nahe am Bett und sah ihr beim Schlafen zu. Er dachte an den ersten Moment, damals in der Winternacht von North Conway, als Amy ins Zimmer geschlichen kam und sich in den Mondstrahl gesetzt hatte. So nah und so unerreichbar fremd, und jetzt lag sie vor ihm, bei ihm, seinen Ring an ihrer Hand, sein ewiges Mädchen.

So friedlich lag sie, aber nicht mal im Schlaf nahm sie sich harmlos aus, die Herausforderung blieb, ein Territorium, das erobert werden wollte, immer wieder. In diesem Augenblick fiel sein Blick auf eine kleine graue Mappe, die zwischen den Einkaufstüten auf dem Sofa lag. Er ging auf leisen Sohlen hin und zögerte – vielleicht wieder ein Geheimnis, sie hatte ihm ja auch ihre letzte Anwaltsprüfung verschwiegen damals, bis sie »Summa cum laude« vor ihm gestanden war und sein überraschtes Gesicht genossen hatte. Nicht schon wieder das säuerliche Misstrauen. Andererseits, was würde *sie* tun an seiner Stelle? Er blätterte durch ein Konvolut von Verträgen, Bauplänen, Wohnungsfotografien und beeindruckenden Skizzen beziehungsweise Zeichnungen mit ihren Initialen – Innendesign. Sie war also schon wieder auf neuen Pfaden, beim nächsten Standbein und weitere würden folgen. Sie spielte mit ihren Talenten, ließ alle Türen offen. Sie sah Sinn in allem, was ihre Neugier entfachte. Er atmete beruhigt durch, ärgerte sich über seine Indiskretion und setzte sich wieder auf seinen Stuhl. Verzeih mir, flüsterte er und blickte voller Verwunderung auf sein Glück.

Eine dünne Haarsträhne floss ihr quer über Wange und Mund und erhob sich bei jedem Ausatmen sanft in die Luft. Er konnte seinen Blick nicht davon lassen. Auf und ab, auf und ab. Langsam wurde er müde, zog vorsichtig die Zudecke über ihre Nacktheit und legte sich neben sie, Blick zur Decke – klare Konturen dort, ein schwacher Kugelschatten.

Diese erste Friedensrunde hatte es deutlich gezeigt: Sie hatten sich ohne Worte auf ein vertrautes Arrangement ihrer Gefühle verlassen und auch die Gelöbnisse aus dem Steinernen Saal im Wiener Rathaus lagen frisch poliert vor ihnen, sie hatten sich gegenseitig die Körper und die Seelenkammern durchlüftet, bis auf die eine, in der jeweils noch Lucy oder Andrea lagen, je nachdem, wo der Schmerz gerade hinsah oder Verständnis und Verzeihen sich als milde Richter anboten. Diese Sache war noch nicht erledigt. Sie hatten sich die Beichten noch nicht abgenommen, aber sie ahnten ihre Sünden.

Paare wie sie, die schon tief gegraben hatten ineinander, hatten für Einbrecher in die Zweisamkeit einen sechsten Sinn, der mehr wusste als das Hirn, davon war er überzeugt, wobei er seiner Frau wachere Sensoren zutraute als sich selbst. Er drehte sich nahe an Amys Rücken und schlief ein.

Es musste ein langer, tiefer Schlaf gewesen sein, seine verklebten Augen wollten noch nichts wissen vom Licht des neuen Tages.

»Amy?« Sie saß auf der Couch und blätterte durch ihre Skizzen, lächelte ihn an.

»Guten Morgen, Schatz.« Da saß sie, in einem beigen, ausschwingenden Sommerrock und weißer Bluse.

»Guten Morgen, Schatz. Du arbeitest schon?« Er hatte noch nicht alle Sinne beisammen, machte sich noch keine Gedanken über ihr neues Outfit, aber er begriff sofort, dass er schon im Minenfeld stand. Sie sah ihn an, als wüsste sie bereits, dass er seine Neugier nicht hatte zügeln können.

»Ja, ich arbeite ... wie findest du's?« Sie deutete auf ihre Zeichnungen, ohne sie ihm hinzuhalten. Nur die Wahrheit jetzt. Sie hatte ihre Unterlagen, wie immer, in strenger Ordnung in der Mappe verstaut und natürlich sofort gespürt, dass da schon einer dran war.

»Ich finde es toll … überraschen tut's mich aber nicht. Ich beneide dich … wirklich«, sagte er.

»Danke, aber ich hätte dich gerne überrascht.«

»Meine Neugier, verzeih.«

Sie lächelte nachsichtig. »Alles gut, ich hätte auch reingeschaut.«

Eine heilsame Lektion – wenn's um Vertrauen ging, musste die Wahrheit her, so einfach war das, alle anderen Sünden waren lässlich. Er verzog sich unter die Dusche. Unter dem harten Wasserstrahl wurde ihm klar, wie forsch ihn diese Frau am Schopf packen konnte, ganz unbewusst, wie eine Erweckung. Sie war zu seinem Kompass geworden. Allein durch die Hartnäckigkeit, mit der sie ihre eigenen Pläne verfolgte, war sie ihm der wichtigste Inspirationsquell und ein Ansporn, sich selbst auf neue Wege zu wagen. Die Zeit der großen Reisen war vorbei, das wusste er, Herz und jetzt auch Hirn gaben eine neue Richtung vor – er würde sich in Zukunft aufs Schreiben konzentrieren, nicht müssen, sondern wollen. Aus Reportagen und Essays würden Erzählungen werden, Novellen, Short Storys und vielleicht eines Tages ein Roman, Drehbücher, was immer. Schon bei den letzten Berichten, die er an die Reuters-Redaktionen geschickt hatte, war eine befriedigende Sucht um seinen Kopf geschlichen, er hatte sich gehen lassen bis zur Überreizung, sich zwischen Lust und Qual gefunden und wollte beides wieder.

Amy saß noch immer über ihre Skizzen und Zeichnungen gebeugt, als er wieder ins Zimmer trat. Er sah: gerötete Wangen, hoch konzentrierten Blick, Haarsträhnen im Gesicht, als Vorhang zur Außenwelt. Er erinnerte sich: Ihre Gedächtnisübungen hatten sie oft in einen ähnlichen Zustand versetzt, wenn sie dabei war, ihre »Ganglien durchzuputzen«, während ihre rasenden Finger über die Akkordtastatur flogen. Offensichtlich verbesserte oder ergänzte sie gerade Gelungenes, verwarf den Ausschuss und war dabei sehr streng mit sich. Um ihre nackten Füße lagen schon etliche Papierknäuel, geworfene, nicht gefallene. Er saß schon einige Zeit frisch geduscht, gekämmt und rasiert in seinen Shorts auf dem Bett und hatte ein Gefühl, als wäre er gar nicht anwesend. Zumindest machte sie den Eindruck, als hätte sie ihn noch nicht bemerkt, was natürlich nicht der Fall war. Selbst im größten Lärm hätte sie ihn wahrgenommen, das wusste er, ihr Gesichtsfeld war ein weites. Sein Zwerchfell begann sich zu wölben, das Rosa auf ihren Wangen sprach Bände. War sie nur wütend über den plötzlich schleppenden Fortgang ihrer Arbeit? Ein Konzentrationsproblem? Oder war sie schon im Begriff, seine kommende Beichte vorauszudenken?

Jetzt erst fiel ihm die Weinflasche auf, die neben einem Sofabein stand, noch verkorkt allerdings, der Alkohol konnte es also nicht sein. Auf der Couch lagen, appetitlich drapiert, frische Trauben, ein Baguette und italienische Antipasti – Melanzani, Zucchini, Mozzarella di Bufala, Parmesan und Oliven. Sie war offensichtlich wieder einkaufen und im Townhouse musste sie auch gewesen sein, woher sonst die Kleidung? Mit einer forschen Handbewegung schob sie plötzlich ihre Strähnen aus dem Gesicht, atmete tief durch die Nase ein, mit geschlossenem Mund, streckte sich und stieß die Luft mit einem leichten Stöhnen wieder aus, als hätte sie eine Entscheidung getroffen.

»Also dann ...«

Die Verhandlung war eröffnet. Rein optisch war sie im Vorteil, fein herausgeputzt, schön und selbstbewusst. Er in seinen Shorts, würdelos und erbärmlich. Kein Startvorteil.

»*Weißt* du was?«, fragte er verunsichert, »ich meine ... *was* weißt du?«, korrigierte er.

»Nur ein Indiz«, sagte sie. »Und du? Weißt *du* was?«

»Nur ein Indiz«, sagte er.

»Wer zuerst?«

»Die, die begonnen hat.«

»Woher willst du das wissen?«

»Ich weiß es«, dann imitierte er Falcones italienischen Akzent: »Was ist los, Amy ... ike abe vergeblich ... allo, alloo? Cazzo ... cos'è questa roba, eh? ... cazzo.«

»Der AB«, sagte sie.

Er nickte. »Das Indiz.«

»Ich war sehr verzweifelt ... ich meine ... und ... du weißt ...«

»Ja, ich weiß.«

»Es tut mir so leid.«

»Mir auch.«

Dann begann sie zu erzählen. Leise und präzise. Von der Rooftop-Party in Newburgh, vom Rotwein, vom Schnaps, von ihren Absichten, ihrem Vorsatz, ihrer Verzweiflung, ihrem schlechten Gewissen, ihrer Scham. Selbst von ihrem Abstecher in die Kirche berichtete sie und von der prophylaktischen Absolution, die sie sich holen wollte. Dabei musste sie selber schmunzeln. Aber ihre Ehrlichkeit beeindruckte ihn und war ihm eine Vorgabe. Dann zur Sache, Falcone, im Auto, unterm Mond und der Poughkeepsie Bridge.

Tom war inzwischen aufgestanden, ging zum Fenster, hielt sich fest am Saum der Vorhänge und sah dem spärlichen Verkehr draußen zu. Als sie begann, Andreas Äußeres zu beschreiben, hob er kurz die Hand, stopp, nicht nötig. Er erinnerte sich an das Gesicht, damals, vor dem Eingang zur Kanzlei. Der Dunkelhaarige. Sie saß mit dem Rücken zu ihm, aber spürte und verstand seine Geste. Natürlich schlugen ihm die Bilder, die er sich zu ihrem Bericht vorstellte, auf den Magen, den leeren. Er wollte ihr nicht ins Gesicht sehen müssen, während sie von dem Kerl erzählte, der in ihr gewesen war. Sie berichtete zwar vom Sündenfall, aber nicht mit der zerknirschten Stimme einer Angeklagten, sondern mit der Ruhe einer Richterin, die zwischen den Worten schon die Vergebung der Geschworenen ahnt. Zwischendurch geriet ihr der Bericht dann doch zu akribisch, wenn sie in Details und Nebensträngen der Handlung festhing, die um Verständnis buhlten – ohne Zweifel hing sie fest, weil sie Angst hatte, zum Punkt zu kommen. Sie war gründlich in allem, rollte sogar das »r« in »Andrea«, was Tom gar nicht gefiel, es klang nach jener unerträglichen Intimität, von der er ausgeschlossen war, in jener Mondnacht unter der Brücke ... Als sie dann tatsächlich zur Sache kam, zum zerrissenen Kostüm, *Nothing Else Matters* und den Rufen nach Tom, bis der Italiener das Handtuch warf, war es genug, er wollte nichts mehr hören und ihr ging es genauso, sie konnte nicht mehr. Es blieb still im Zimmer. Eine lange Weile blieb es still. Er sah mit konzentriertem Blick dem Verkehr unten zu, ohne etwas zu sehen, gleitende Schatten nur, die sich kreuzten. Dann drehte er sich zu ihr, sah eine Tränenbahn aus ihrem rechten Auge rinnen, ging zu ihr, umarmte sie, und im selben Moment umarmte er auch einen Schuss Verschlagenheit und entwaffnende Raffinesse. Ich liebe dich, dachte er, was immer da war. Er tätschelte ihre Schulter. Es kam ihm nur Vergebung in den Sinn. Was für eine tolle Anwältin sie doch war. Luder.

»Ist gut, alles gut«, sagte er und küsste ihre Stirn. Tom war blass, der Blutzucker im Keller, ihm war schlecht.

»Du musst was essen«, sagte sie ruhig, er konnte die Erleichterung an ihrem Körper spüren. Sie hatte es hinter sich. Sie brach das Baguette in kleine Teile und servierte ihm die Antipasti auf dem Stelltischchen vor der Couch.

»Frühstück«, sagte sie und schob ihm ein Rädchen Mozzarella in den Mund. Er setzte sich, ihr vis-à-vis, aufs Bett und begann zu essen. Das tat ihm gut, er bekam wieder Farbe im Gesicht und wich ihrem Blick nicht mehr aus, wenn sie ihn fixierte.

»Was machen wir da … hm?«, fragte er.

»Reinen Tisch, wir schauen uns ins Herz … das ist gut.« Sie fixierte die Flasche am Fuß der Couch.

»Ich muss was trinken«, sagte sie und entstöpselte den Rotwein.

»Jetzt schon? Es ist vor Mittag.«

»Keine Angst … kennst mich doch, nach zwei Gläsern bin ich außer Gefecht.«

»Oder am Ruder … ich weiß.«

Sie mussten lachen und hätten sich gerne umarmt, aber die Anspannung ließ es noch nicht zu. Toms Beichte stand noch aus. Diesmal holte Amy die ziselierten Gläser aus dem Bad und schenkte für beide ein. Sie hatte zwar schon gefrühstückt, griff aber noch mal zu, sein Appetit hatte sie angesteckt und ihr Magen sich nach erfolgreichem Plädoyer geweitet. Sie begannen sich gegenseitig zu füttern und festigten damit eine gewisse Ruhe an der Front.

Die Antipasti waren rasch vertilgt und neue Energien sammelten sich im Raum. Wieder trank sie zu schnell, aber diesmal verkniff er sich weitere Einwände, in der Hoffnung auf die beschwichtigende Wirkung des Rotweins. Was aber eintrat, war das genaue Gegenteil. Sie wurde munter und sprungbereit, was immer da kommen mochte.

»Du bist dran«, sagte sie und begann im Zimmer auf- und abzugehen. Er fühlte sich jämmerlich, allein seine optische Wirkung, die Shorts, das schlechte Gewissen in seinem Blick, wie ein Büßer hockte er am Bettrand. Sie bemerkte seine Unsicherheit und empfahl ihm, sich hinzulegen, zwei Kissen unters Haupt, wie bei Freud auf der Couch. Er legte sich hin. Sie stand nun vor ihm und ihre physische

Präsenz begann ihm die letzte Lockerheit zu nehmen.

»Dein Großvater hatte recht mit der Chase Manhattan Bank«, sagte er. Ihr Gesicht wurde ernst.

»Eine kleine Geschichte vorweg«, sagte sie. »Wie du siehst, war ich einkaufen und hab kurz bei uns im Townhouse vorbeigeschaut, um frische Klamotten zu holen. Gerade als ich in die Wohnung will, seh ich durchs Fenster des Vorraums ein junges hübsches Ding auf unsere Haustür zukommen, vor einer Stunde war das, sie war vielleicht siebzehn oder so ...«

Er spürte seine Nasenspitze taub werden, setzte sich kurz auf, wurde aber wortlos wieder in die Kissen gedrückt.

»Sie machte sich am Eingang zu schaffen, suchte nach einem Namen, glaub ich, ich hab sie durch den Spion beobachtet, sie läutete. Von der Nähe sah sie eher aus wie ... sechzehn?«

Er schüttelte kräftig den Kopf, als ob noch was zu retten wäre.

»Ich rührte mich nicht und wartete. Nach einer Weile schob sie das hier« – sie kramte aus ihrer grauen Mappe ein Briefkuvert – »durch den Postschlitz und verschwand, ich glaube, sie wohnt im Nachbarblock.«

Sie reichte ihm das bereits geöffnete Kuvert. »Das Indiz?«, fragte sie.

Er griff blind hinein, spürte Fotopapier und musste innehalten, um sich zu fassen – ein Foto, ein simples Foto: zwei Urnen, zwei weiße Urnen, in ein Bücherregal geklemmt, die letzte Ruhestätte der Gleesons. Für einen Moment war der eigentliche Verhandlungsgegenstand vom Tisch. Sie sah es in seinen Augen, die augenblicklich feucht wurden.

»Was bedeutet das? Wer ist da drin?«

»Da drin ist die Asche der Gleesons, ein altes Ehepaar, ihre Adoptiveltern ... oder so was Ähnliches ... ich hab sie sterben sehen, beide.«

»Oh ... das tut mir leid ...«

Sie begann wieder auf- und abzugehen.

»Das tut mir leid«, wiederholte sie für sich.

Eine unerwartete Komplikation, die der Anklage nicht wirklich in die Hände spielte. Er glaubte für einen Moment, Mitleid oder gar Verunsicherung in ihrem Blick gesehen zu haben. Vielleicht listete sie die Sache mit den Urnen unter emotionale Ausnahmesituation, die Toms Affäre begleitet oder sie gar ausgelöst haben könnte. Sie nahm einen kräftigen Schluck und stellte das Glas so forsch aufs Nachtkästchen, dass es überschwappte. Dann begann sie wieder ihr Auf und Ab, wie ein Tiger im Käfig.

»Ich liebe dich«, sagte er in den Raum, um atmosphärisch an die Richtung zu erinnern, in die sie unterwegs sein wollten. Sie blieb kurz stehen, unschlüssig, als wäre ihr gerade ein Argument abhanden gekommen. Dann noch einen Schluck.

»Übrigens, sie war neunzehn«, gab er zu bedenken, um klarzumachen, dass nicht ihre kindliche Jugend der Reiz war.

»Ach ja? Neunzehn ...« Das kam sehr trocken. Keine gute Idee.

»Wie ist das bei euch ... da zeigt ein Teenager ein bisschen Haut und ihr verliert die Contenance?« Sie sprach ihn im Plural an, das kränkte ihn.

»Das ist nicht fair, Amy, ich habe dich nie betrogen.«

»Worüber sprechen wir denn jetzt?«

»Ich hab ihn nicht ... hochbekommen, ich habe versagt.«

»Du hast ihn nicht hochbekommen ... weil du an *mich* gedacht hast??!«

»Ja.«

»Danke.«

»Amy ... ich bin nicht einer dieser ... Männer in den Vierzigern, die auf junges ...«

»Ach ja? Wie alt bist du denn?«

»Fünfundvierzig, aber ...«

»Was aber?« Nun war er endgültig im Zeugenstand und begann zu erzählen. Leise und präzise. Er versuchte sich dabei an ihre Vorgaben zu halten, erzählte von den Whiskeys, die er gebraucht hatte, um die Eindrücke der letzten Tage zu verdauen, von Lennys Selbstmord, Marthas Sterben, von deren Liebe zur Literatur und dem beeindruckenden Vermächtnis, das die beiden ihrer jungen Wunschtochter hinterlassen hatten, von seiner strauchelnden Liebe zu Amerika und seiner ewigen Liebe zu ihr und, ja, von dem jungen Ding, das ihm zugehört hatte, lange zugehört hatte. Er beschrieb ihr Gesicht, ihre Augen, er beschrieb sogar ihr ausladendes Dekolleté, ihre weiße Haut über den blauen Äderchen, ihre Schutzlosigkeit und ihre Angst vor dem Heimweg, von den steigenden Waffenverkäufen und seiner Pflicht sprach er auch und vom hinterfotzigen Alkohol, der temporäre Schwächen zulasse und so weiter. Seine erbärmliche Verfolgungsjagd verschwieg er vorsorglich, aus Angst, die Stimmung könnte kippen, seine Heimtücke hätte sein Blatt wohl verschlechtert. Während er so erzählte, hatte sie wieder ihren Marsch begonnen. Und noch ein Schluck. Er erzählte von der heißen Liftkabine und der willkommenen Gelegenheit, in ihrer Wohnung endlich duschen zu dürfen. An dieser Stelle flog Amys leeres Glas in eine Ecke und sie begann wortlos ihre Bluse aufzuknöpfen. Er hielt kurz inne, sah sie an.

»Weiter!«, befahl sie, während sie ihm in einer einzigen forschen Bewegung die Shorts von den

Hüften riss, sodass seine Beine parallel hochklappten und wieder aufs Bett klatschten. Völlig nackt lag er nun und begann die ominöse Situation zu beschreiben, also ... hm ... wie das junge Ding leider schon im Bett lag, als er aus der Dusche kam, er aber nicht das Geringste im Schilde führte und sich völlig absichtslos in einer prekären Situation wiederfand. Daraufhin setzte sich Amy mit einer sehr entschlossenen Bewegung auf seine Körpermitte. Ein Zucken ging durch seine Schenkel, denn sie hatte nichts an unter ihrem Rock. Kein Höschen, keinen Slip. Nichts. Dann streifte sie auch den Rock ab, ihre Bluse von der Schulter und saß nun völlig nackt im Sattel. Sie beugte sich vor, sodass ihre Brüste sein Gesicht berührten, während sie seinen Harten mit etlichen Tropfen ihrer Säfte beträufelte, um alles im Fluss zu halten, nahm ihn endlich zu sich und begann ihr Becken zu bewegen, beherrscht und langsam, vor und zurück.

»Denkst du an sie?« Ihr Hintern drückte empfindlich nach, um eine Antwort zu holen.

»Nein, ich denk an *dich*!«

»Denkst du an sie???«

»Nein, ich will *dich* ... Amy ... bitte!«

Ihr Becken begann das Tempo zu verschärfen.

»Denk an sie ... jetzt!«

»Jetzt??!«

»Ja, jetzt! ... Denkst du an sie?«

»Ja!«

»Du denkst an sie??«

»Jaa!«

»Du lügst!!«

»Nein!«

»Wie heißt sie, die Schlampe? Sag mir, wie sie heißt!!!??«

»Lucy.«

»Lucy ... denk an deine Lucy.«

»Sie ist nicht meine Lucy ... bitte, Amy, nein!!«

»Denk an sie!!« Dabei drückte sie ihm ihre zierliche Faust in den offenen Mund.

»Sag Lucy ... laut! Lucy!!«

»Luuschhy.« Wieder verschärfte ihr Becken den Rhythmus und sie schmierte ihm eine, eine links, eine rechts. Die Sonne geht heute ohne mich unter, dachte Tom.

»Amy ... nicht, du redest wie eine Schlampe.«

»Ich *bin* eine Schlampe ... ich bin *deine* Schlampe, das magst du doch, das wollt ihr doch!! ... Sag schon, sag schon!!!«

»Ja ... ja ... Amy bitte ... ich liebe dich!!«

»Ich liebe dich auch, du Arschloch!!!!«

Sie fuhr über ihn wie eine warme Woge, die Brandung riss an seinen Haaren und am Hals, ihre Brüste schlugen ihm ins Gesicht und von überall tropfte es, bis ein heißer Schwall über ihm zusammenschlug und er abtauchte in eine behagliche Taubheit, keine Weltgeräusche mehr, die Rückseite des Mondes. Tiefer, ferner Friede, von dem keiner wusste.

Noch am selben Abend packten die beiden ihre Sachen und verließen das Hotel.

X

In den Wochen danach hatte sich ein gemächlicher Indian Summer eingestellt, und sie vergruben sich in ihrem Häuschen in Poughkeepsie, um ihre Träume zu ordnen, jetzt da die Fundamente wieder gesichert waren. Je öfter sie die stillen Tage Revue passieren ließen, desto klarer wurde ihnen, dass sie ein großes Wagnis eingegangen waren, das auch zur Auslöschung ihres bisherigen Lebens hätte führen können, und sie waren übereingekommen, etwaige Minenfelder, die in Zukunft auftauchen könnten, rechtzeitig zu entschärfen. Zu kostbar war das, was sie hatten. Selbst die Nachbesprechungen ergaben noch Blickwinkel, über die sie sich noch nicht verständigt hatten. Tom hatte ihr gebeichtet, wie weit seine, durch Amys Schweigen hervorgerufene, Verunsicherung schon gediehen war, als gäbe es zwischen Amerika und Europa noch andere Gräben als nur den Atlantik, dass er nach verschütteten Vorurteilen in ihr gesucht hatte, die, wer weiß, aus der Zeit der Kriege stammten, als Deutsche und Österreicher Hunderttausende Amerikaner in Schlachten gezwungen hatten, die ewige Ressentiments hinterließen, von Generation zu Generation.

»Epigenetisch …?«, lachte Amy, sie musste schmunzeln, machte sich lustig über seine analytischen Versuche, kein Wunder, dass Freud natürlich ein Österreicher gewesen sei, ein Wiener, was sonst, dort, wo alles, aber auch wirklich jeder Stein umgedreht werde, bis hinunter zum Seelengrund. Andererseits empfand sie Toms Recherchewut als versteckte Liebeserklärung.

Tatsächlich hatte sich eine Heimeligkeit ins Haus gesetzt, die keine Mollklänge mehr zuließ. Ein sanftes Leben, in dem sich die Tage in schläfrigen Schritten hinzogen. Sie hörten Sarah Vaughan, Billie Holiday und die Streisand aus dem großen Songbook singen. Sie saßen an ihren Projekten, sie an ihrem Schreibtisch, die Designerin, in ihre Zeichnungen und Skizzen vertieft, er an seinem Laptop, in einem Schreibrhythmus, den er so noch nicht gekannt hatte, als hätte Verstocktes endlich zu fließen begonnen.

Geborgen und behutsam lebten sie, wie sie es nie zuvor getan hatten, in Balance mit sich und der Welt. Sie sahen weder fern, noch hörten sie Radio. Sie genügten sich. Eine neue Vermählung, ohne Ritual, wie eine Heilung. Die Sinne so wach, dass auch die Stille feierlich werden durfte, und wenn unten, an der Anlegestelle des Hudson, zum hundertsten Mal ein schweres Frachtschiff andockte und die ratternden Geräusche der Ankerketten und das Ächzen der Stahlsparren bis an ihre Ohren drangen, merkten sie kurz auf, lächelten sich an und genossen die täglichen Vertrautheiten ihrer Welt. Manchmal stand er auf, ging zu ihr hin und küsste ihren Hals, wenn ihm das Lächeln über Distanz nicht genug war, manchmal kam sie zu ihm, nahm ihm den Laptop aus der Hand und sie liebten sich, lagen dann stundenlang ineinander und ließen den Tag in Ruhe.

Kurze Zeit nach der Beendigung ihrer »Exerzitien« im Hotel machte er eine Entdeckung, die ihn einerseits verwunderte und andererseits beruhigte: den Schreibblock, auf dem Amy sämtliche In-vitro-Spezialisten, die ihr empfohlen worden waren, aufgelistet hatte, fand er als Schnitzelwerk im Papierkorb wieder, fein säuberlich zerfetzt in kleinste Teile. Beide hatten es als Erlösung empfunden, dass die »Sache« nicht mehr Thema fruchtloser Gespräche war, sondern einfach aufging in ihrer Lust. Die Sehnsucht nach dem Kind war nicht erloschen, im Gegenteil, jetzt war sie verschmolzen mit ihrem Verlangen, das sie täglich begleitete und sich von Tag zu Tag erneuerte. Tom wollte alle Zärtlichkeit seines künftigen Lebens aufsparen für sie, allein für sie. Ein Clearblue-Teststreifen lag zwar immer griffbereit neben ihrer Stenografiermaschine, aber nicht mehr als Mahnung, sondern als letzte Bestätigung einer Sache, die im Werden war. Dieses Vertrauen wollte nicht mehr hinterfragt werden und es blieb auch unberührt.

Es gab Zeiten, da schwelgten sie in der Vergangenheit, kramten, wie alte Ehepaare, ihre Hochzeitsfotos heraus, die vor fünf Jahren auf einer baumbepflanzten Verkehrsinsel in Pötzleinsdorf geknipst worden waren, umkreist von der 41er-Tram, die dort ihren U-Turn macht, direkt beim Eingang zum Schlosspark. Sie erinnerten sich an den Friseur mit dem gezwirbelten Schnauzer, dem Habsburger-Gesicht, das aus der Zeit gekippt war, und an ihre Spaziergänge hinüber zum *Fuhrgassl-Huber* in Neustift am Walde, dem Ort, an dem sich Amy zum ersten Mal ins rote Viertel verschaut hatte.

Eines Tages, es war einer dieser nostalgischen Tage, waren sie übereingekommen, bald schon nach Wien zu fliegen, denn das Kinn seiner geliebten Freundin »America« war ja auf die Brust gesunken, und es würde wohl noch eine Zeit dauern, bis sie wieder erhobenen Hauptes in die Welt blicken würde. Der Herumlärmer war zwar abgewählt und es wurde wieder getanzt in den Straßen der Städte, aber seine

Saat lag noch offen, würde versickern und vielleicht ausschlagen eines Tages, und man musste kein Defätist sein, um zu erkennen, dass sich die vergangenen vier Jahre wie Jauche über das Geistesleben Amerikas ergossen hatten. Tom spürte seinen Magen, wenn er daran dachte, aber dagegen stand auch eine Sehnsucht, eine hoffnungsfrohe Sehnsucht nach Wien. Und Amy würde bei ihm sein, sie würden sich erholen müssen, von den Umständen, den Eskapaden, vom großen, kranken Land, auch sie brauchte eine Auszeit und sie war schon im Reisefieber.

Als sie vor der Abreise noch ein paar Bücher und Kleider aus dem Townhouse holten, nützte er, mit Amys Segen, die Gelegenheit, den Concierge des Nachbarhauses nach Lucy zu fragen – er wollte sich für das Urnenfoto mit den Gleesons bedanken und ihr Glück wünschen. Sie sei schon vor Wochen ausgezogen, hieß es, abgereist, ohne eine Adresse hinterlassen zu haben. Zwei Puerto Ricaner lebten jetzt in der Wohnung.

Als er wieder im Freien stand, sah er kurz hinauf zum Fenster im fünfzehnten Stock, aus dem Lenny gesprungen war, und bildete sich ganz fest ein, sie fliegen zu sehen, den Engel, schon wieder auf Wanderschaft.

Auf der Autofahrt nach Poughkeepsie ließ ihn Amy noch einmal still und ausgiebig an Lucy denken, das spürte er genau, sie schwiegen die ganze Fahrt hindurch, hielten sich an den Händen, die fest verschränkt auf der Mittelkonsole ruhten. Durch ein leises Land fuhren sie und freuten sich auf den Herbst und auf Weihnachten in Österreich. Das Virus hatte fast schon seinen Schrecken verloren, man hatte gelernt, ihm auszuweichen, in Vor- und Rücksicht zu leben, es war einfach da, das war's.

Natürlich ließ Tom die Wolken seiner Vergangenheit nicht ohne Liebesverse seines Helden ziehen. Dieses eine Mal noch, an Amy gerichtet, dann wollte er endgültig aus Rimbauds Schatten heraus. Er hatte die Verse in einen schlanken Granitblock meißeln lassen, der als Unterlage für Amys Anrufbeantworter diente:

»Sie ist wiedergefunden.
Was? Die *Ewigkeit*.
Es ist das Meer verbunden
mit der Sonne *in eins*.«

Auf dem Schreibtisch, neben den Flugtickets, lag noch der Clearblue-Teststreifen, der geprüft hatte, ob das Hormon hCG in Amys Körper vorhanden war. Eine kleine Freudenträne hatte sich daneben platziert, wie ein Punkt, der einen langen Satz beendet.

Sie lag eingerollt wie ein Embryo, ihre Hüfte in seinen Schoß geschmiegt, ihr Mund knabberte an seiner Halsgrube, das Universum geschlossen. Nicht alles war jetzt gut, aber vieles war gut. So konnte es weitergehen. Draußen vor dem Fenster schwebte ein Kolibri und sah den beiden bei der Liebe zu, was immer das bedeuten mochte.

Dank an den »New Yorker« Michael H.
und seine Welt für Anstoß und Inspiration